字里时光·行间生辉

▶精选本|

农村三部曲
春蚕·秋收·残冬

茅盾 著

民主与建设出版社

图书在版编目（CIP）数据

农村三部曲：春蚕·秋收·残冬 / 茅盾著. —北京：民主与建设出版社，2017.2
ISBN 978-7-5139-1394-2

Ⅰ.①农… Ⅱ.①茅… Ⅲ.①短篇小说—小说集—中国—现代 Ⅳ.① I246.7

中国版本图书馆 CIP 数据核字（2017）第 029177 号

© 民主与建设出版社，2017

农村三部曲：春蚕·秋收·残冬
NONGCUN SANBUQU: CHUNCAN · QIUSHOU · CANDONG

出 版 人	许久文
总 策 划	李继勇
责任编辑	刘树民
封面设计	宋双成
出版发行	民主与建设出版社有限责任公司
电　　话	（010）59417747　59419778
社　　址	北京市海淀区西三环中路 10 号望海楼 E 座 7 层
邮　　编	100142
印　　刷	三河市腾飞印务有限公司
版　　次	2017 年 10 月第 1 版　2017 年 12 月第 3 次印刷
开　　本	950mm×1300mm　1/16
印　　张	18 印张
字　　数	170 千字
书　　号	ISBN 978-7-5139-1394-2
定　　价	29.80 元

注：如有印、装质量问题，请与出版社联系。

目 录

春　蚕 / 1

秋　收 / 31

残　冬 / 67

当铺前 / 91

大鼻子的故事 / 104

烟　云 / 131

手的故事 / 179

"一个真正的中国人" / 233

水藻行 / 248

某一天 / 271

春 蚕

一

老通宝坐在"塘路"边的一块石头上,长旱烟管斜摆在他身边。"清明"节后的太阳已经很有力量,老通宝背脊上热烘烘地,像背着一盆火。"塘路"上拉纤的快班船上的绍兴人只穿了一件蓝布单衫,敞开了大襟,弯着身子拉,额角上黄豆大的汗粒落到地下。

看着人家那样辛苦的劳动,老通宝觉得身上更加热了;热的有点儿发痒。他还穿着那件过冬的破棉袄,他的夹袄还在当铺里,却不防才得"清明"边,天就那么热。

"真是天也变了!"

老通宝心里说,就吐一口浓厚的唾沫。在他面前那条"官河"内,水是绿油油的,来往的船也不多,镜子一样的水面这里那里起了几道皱纹或是小小的涡旋,那时候,倒影在水里的泥岸和岸边成排的桑树,都晃乱成灰暗的一片。可是不会很长久的。

渐渐儿那些树影又在水面上显现,一弯一曲地蠕动,像是醉汉,再过一会儿,终于站定了,依然是很清晰的倒影。那拳头模样的桠枝顶都已经簇生着小手指儿那么大的嫩绿叶。这密密层层的桑树,沿着那"官河"一直望去,好像没有尽头。田里现在还只有干裂的泥块,这一带,现在是桑树的势力!在老通宝背后,也是大片的桑林,矮矮的,静穆的,在热烘烘的太阳光下,似乎那"桑拳"上的嫩绿叶过一秒钟就会大一些。

离老通宝坐处不远,一所灰白色的楼房蹲在"塘路"边,那是茧厂。十多天前驻扎过军队,现在那边田里留着几条短短的战壕。那时都说东洋兵要打进来,镇上有钱人都逃光了;现在兵队又开走了,那座茧厂依旧空关在那里,等候春茧上市的时候再热闹一番。老通宝也听得镇上小陈老爷的儿子——陈大少爷说过,今年上海不太平,丝厂都关门,恐怕这里的茧厂也不能开;但老通宝是不肯相信的。他活了六十岁,反乱年头也经过好几个,从没见过绿油油的桑叶白养在树上等到成了"枯叶"去喂羊吃;除非是"蚕花"不熟,但那是老天爷的"权柄",谁又能够未卜先知?

"才得清明边,天就那么热!"

老通宝看着那些桑拳上怒茁的小绿叶儿,心里又这么想,同时有几分惊异,有几分快活。他记得自己还是二十多岁少壮的时候，有一年也是"清明"边就得穿夹，后来就是"蚕花二十四分"，自己也就在这一年成了家。那时，他家正在"发"；他的父亲像一头老牛似的，什么都懂得，什么都做得；便是他那创家立业的祖父，虽说在长毛窝里吃过苦头，却也愈老愈硬朗。那时候，老陈老爷去世不久，小陈老爷还没抽上鸦片烟，"陈老爷家"也不是现在那么不像样的。老通宝相信自己一家和"陈老爷家"虽则一边是高门大户，而一边不过是种田人，然而两家的命运好像是一条线儿牵着。不但"长毛造反"那时候，老通宝的祖父和陈老爷同被长毛掳去，同在长毛窝里混上了六七年，不但他们俩同时从长毛营盘里逃了出来，而且偷得了长毛的许多金元宝——人家到现在还是这么说；并且老陈老爷做丝生意"发"起来的时候，老通宝家养蚕也是年年都好，十年中间挣得了二十亩的稻田和十多亩的桑地，还有三开间两进的一座平屋。这时候，老通宝家在东村庄上被人人所妒羡，也正像"陈老爷家"在镇上是数一数二的大户人家。可是以后，两家都不行了；老通宝现在已经没有自己的田地，反欠出三百多块钱的债，"陈老爷家"也早已完结。人家都说"长毛鬼"在阴间告了一状，阎罗王追还"陈老爷家"的金元宝横财，所以败的这么快。这个，老通宝也有几分相信：不是鬼使神差，好端端的小陈老爷怎么会抽上了鸦片烟？

可是老通宝死也想不明白为什么"陈老爷家"的"败"会牵动到他家。他确实知道自己家并没得过长毛的横财。虽则听死了的老头子说，好像那老祖父逃出长毛营盘的时候，不巧撞着了一个巡路的小长毛，当时没法，只好杀了他，——这是一个"结"！然而从老通宝懂事以来，他们家替这小长毛鬼拜忏念佛烧纸锭，记不清有多少次了。这个小冤魂，理应早投凡胎。老通宝虽然不很记得祖父是怎样"做人"，但父亲的勤俭忠厚，他是亲眼看见的；他自己也是规矩人，他的儿子阿四，儿媳四大娘，都是勤俭的。就是小儿子阿多年纪青，有几分"不知苦辣"，可是毛头小伙子，大都这么着，算不得"败家相"！

老通宝抬起他那焦黄的皱脸，苦恼地望着他面前的那条河，河里的船，以及两岸的桑地。一切都和他二十多岁时差不了多少，然而"世界"到底变了。他自己家也要常常把杂粮当饭吃一天，而且又欠出了三百多块钱的债。

呜！呜，呜，呜，——

汽笛叫声突然从那边远远的河身的弯曲地方传了来。就在那边，蹲着又一个茧厂，远望去隐约可见那整齐的石"帮岸"。一条柴油引擎的小轮船很威严地从那茧厂后驶出来，拖着三条大船，迎面向老通宝来了。满河平静的水立刻激起泼剌剌的波浪，一齐向两旁的泥岸卷过来。一条乡下"赤膊船"赶快拢岸，船上人揪住了泥岸上的树根,船和人都好像在那里打秋千。轧轧轧的轮机声和洋油臭,飞散在这和平的绿的田野。老通宝满脸恨意,看着这小轮船来,看着它过去,直到又转一个弯,呜呜呜地又叫了几声,就看不见。老通宝向来仇恨小轮船这一类洋鬼子的东西!他从没见过洋鬼子,可是他从他的父亲嘴里知道老陈老爷见过洋鬼子:红眉毛,绿眼睛,走路时两条腿是直的。并且老陈老爷也是很恨洋鬼子,常常说"铜钿都被洋鬼子骗去了"。老通宝看见老陈老爷的时候,不过八九岁,——现在他所记得的关于老陈老爷的一切都是听来的,可是他想起了"铜钿都被洋鬼子骗去了"这句话,就仿佛看见了老陈老爷捋着胡子摇头的神气。

洋鬼子怎样就骗了钱去,老通宝不很明白。但他很相信老陈老爷的话一定不错。并且他自己也明明看到自从镇上有了洋纱,洋布,洋油,——这一类洋货,而且河里更有了小火轮船以后,他自己田里生出来的东西就一天一天不值钱,而镇上的东西却一天一天贵起来。他父亲留下来的一份家产就这么变小,变做没有,而且现在负了债。老通宝恨洋鬼子不是没有理由的!他这坚定的主张,在村坊上很有名。五年前,有人告诉他:朝代又改了,新朝代是要"打倒"洋鬼子的。老通宝不相信。为的他上镇去看见那新到的喊着"打倒洋鬼子"的年青人们都穿了洋鬼子衣服。他想来这伙年青人一定私通洋鬼子，却故意来骗乡下人。后来果然就不喊"打倒洋鬼子"了，而且镇上的东西更加一天一天贵起来，派到乡下人身上的捐税也更加多起来。老通宝深信这都是串通了洋鬼子干的。

然而更使老通宝去年几乎气成病的，是茧子也是洋种的卖得好价钱；洋种的茧子，一担要贵上十多块钱。素来和儿媳总还和睦的老通宝，在这件事上可就吵了架。儿媳四大娘去年就要养洋种的蚕。小儿子跟他嫂嫂是一路，那阿四虽然嘴里不多说，心里也是要洋种的。老通宝拗不过他们，末了只好让步。现在他家里有的五张蚕种，就是土种四张，洋种一张。

"世界真是越变越坏！过几年他们连桑叶都要洋种了！我活得厌了！"

老通宝看着那些桑树，心里说，拿起身边的长旱烟管恨恨地敲着脚边的泥块。太阳现在正当他头顶，他的影子落在泥地上，短短地像一段乌焦木头，还穿着破棉袄的他，觉得浑身躁热起来了。他解开了大襟上的钮扣，又抓着衣角扇了几下，站起来回家去。

那一片桑树背后就是稻田。现在大部分是匀整的半翻着的燥裂的泥块。偶尔也有种了杂粮的，那黄金一般的菜花散出强烈的香味。那边远远地一簇房屋，就是老通宝他们住了三代的村坊，现在那些屋上都袅起了白的炊烟。

老通宝从桑林里走出来,到田塍上,转身又望那一片爆着嫩绿的桑树。忽然那边田里跳跃着来了一个十来岁的男孩子,远远地就喊道:

"阿爹!妈等你吃中饭呢!"

"哦——"

老通宝知道是孙子小宝,随口应着,还是望着那一片桑林。才只得"清明"边,桑叶尖儿就抽得那么小指头儿似的,他一生就只见过两次。今年的蚕花,光景是好年成。三张蚕种,该可以采多少茧子呢?只要不像去年,他家的债也许可以拔还一些罢。

小宝已经跑到他阿爹的身边了,也仰着脸看那绿绒似的桑拳头;忽然他跳起来拍着手唱道:

"清明削口,看蚕娘娘拍手!"①

老通宝的皱脸上露出笑容来了。他觉得这是一个好兆头。他把手放在小宝的"和尚头"上摩着,他的被穷苦弄麻木了的老心

---

① 这是老通宝所在那一带乡村里关于"蚕事"的一种歌谣式的成语。所谓"削口"是方言,指桑叶抽发如指;"清明削口"谓清明边桑叶已抽放如许大也。"看"亦是方言,意同"饲"或"育"。全句谓清明边桑叶开绽则熟年可卜,故蚕妇拍手而喜。

里勃然又生出新的希望来了。

二

天气继续暖和，太阳光催开了那些桑拳头上的小手指儿模样的嫩叶，现在都有小小的手掌那么大了。老通宝他们那村庄四周围的桑林似乎发长得更好，远望去像一片绿锦平铺在密密层层灰白色矮矮的篱笆上。"希望"在老通宝和一般农民们的心里一点一点一天一天强大。蚕事的动员令也在各方面发动了。藏在柴房里一年之久的养蚕用具都拿出来洗刷修补。那条穿村而过的小溪旁边，蠕动着村里的女人和孩子，工作着，嚷着，笑着。

这些女人和孩子们都不是十分健康的脸色，——从今年开春起，他们都只吃个半饱；他们身上穿的，也只是些破旧的衣服。实在他们的情形比叫化子好不了多少。然而他们的精神都很不差。他们有很大的忍耐力，又有很大的幻想。虽然他们都负了天天在增大的债，可是他们那简单的头脑老是这么想：只要蚕花熟，就好了！他们想象到一个月以后那些绿油油的桑叶就会变成雪白的茧子，于是又变成丁丁当当响的洋钱，他们虽然肚子里饿得咕咕地叫，却也忍不住要笑。

这些女人中间也就有老通宝的媳妇四大娘和那个十二岁的小

宝。这娘儿两个已经洗好了那些"团扁"和"蚕箪"①，坐在小溪边的石头上撩起布衫角揩脸上的汗水。

"四阿嫂！你们今年也看（养）洋种么？"

小溪对岸的一群女人中间有一个二十岁左右的姑娘隔溪喊过来了。四大娘认得是隔溪的对门邻舍陆福庆的妹子六宝。四大娘立刻把她的浓眉毛一挺，好像正想找人吵架似的嚷了起来：

"不要来问我！阿爹做主呢！——小宝的阿爹死不肯，只看了一张洋种！老糊涂的听得带一个洋字就好像见了七世冤家！洋钱，也是洋，他倒又要了！"

小溪旁那些女人们听得笑起来了。这时候有一个壮健的小伙子正从对岸的陆家稻场上走过，跑到溪边，跨上了那横在溪面用四根木头并排做成的雏形的"桥"。四大娘一眼看见，就丢开了"洋种"问题，高声喊道：

"多多弟！来帮我搬东西罢！这些扁，浸湿了，就像死狗一样重！"

小伙子阿多也不开口，走过来拿起五六只"团扁"，湿漉漉

---

① 老通宝乡里称那圆桌面那样大、极像一个盘的竹器为"团扁"；又一种略小而底部编成六角形网状的，称为"箪"，方音读如"踏"；蚕初收蚁时，在"箪"中养育，呼为"蚕箪"，那是糊了纸的；这种纸通称"糊箪纸"。

地顶在头上,却空着一双手,划桨似的荡着,就走了。这个阿多高兴起来时,什么事都肯做,碰到同村的女人们叫他帮忙拿什么重家伙,或是下溪去捞什么,他都肯;可是今天他大概有点不高兴,所以只顶了五六只"团扁"去,却空着一双手。那些女人们看着他戴了那特别大箬帽似的一叠"扁",袅着腰,学镇上女人的样子走着,又都笑起来了。老通宝家紧邻的李根生的老婆荷花一边笑,一边叫道:

"喂,多多头!回来!也替我带一点儿去!"

"叫我一声好听的,我就给你拿。"

阿多也笑着回答,仍然走。转眼间就到了他家的廊下,就把头上的"团扁"放在廊檐口。

"那么,叫你一声干儿子!"

荷花说着就大声的笑起来,她那出众地白净然而扁得作怪的脸上看去就好像只有一张大嘴和眯紧了好像两条线一般的细眼睛。她原是镇上人家的婢女,嫁给那不声不响整天苦着脸的半老头子李根生还不满半年,可是她的爱和男子们胡调已经在村中很有名。

"不要脸的!"

忽然对岸那群女人中间有人轻声骂了一句。荷花的那对细眼睛立刻睁大了,怒声嚷道:

"骂哪一个？有本事，当面骂，不要躲！"

"你管得我？棺材横头踢一脚，死人肚里自得知：我就骂那不要脸的骚货！"

隔溪立刻回骂过来了，这就是那六宝，又一位村里有名淘气的大姑娘。

于是对骂之下，两边又泼水。爱闹的女人也夹在中间帮这边帮那边。小孩子们笑着狂呼。四大娘是老成的，提起她的"蚕箪"，喊着小宝，自回家去。阿多站在廊下看着笑。他知道为什么六宝要跟荷花吵架；他看着那"辣货"六宝挨骂，倒觉得很高兴。

老通宝掮着一架"蚕台"①从屋子里出来。这三棱形家伙的木梗子有几条给白蚂蚁蛀过了，怕的不牢，须得修补一下。看见阿多站在那里笑嘻嘻地望着外边的女人们吵架，老通宝的脸色就板起来了。他这"多多头"的小儿子不老成，他知道。尤其使他不高兴的，是多多也和紧邻的荷花说说笑笑。"那母狗是白虎星，惹上了她就得败家"，——老通宝时常这样警戒他的小儿子。

---

① "蚕台"是三棱式可以折起来的木架子，像三张梯连在一处的家伙；中分七八格，每格可放一团扁。

"阿多！空手看野景么？阿四在后边扎'缀头'①，你去帮他！"

老通宝像一匹疯狗似的咆哮着，火红的眼睛一直盯住了阿多的身体，直到阿多走进屋里去，看不见了，老通宝方缠提过那"蚕台"来反复审察，慢慢地动手修补。木匠生活，老通宝早年是会的；但近来他老了，手指头没有劲，他修了一会儿，抬起头来喘气，又望望屋里挂在竹竿上的三张蚕种。

四大娘就在廊檐口糊"蚕箪"。去年他们为的想省几百文钱，是买了旧报纸来糊的。老通宝直到现在还说是因为用了报纸——不惜字纸，所以去年他们的蚕花不好。今年是特地全家少吃一餐饭，省下钱来买了"糊箪纸"来了。四大娘把那鹅黄色坚韧的纸儿糊得很平贴，然后又照品字式糊上三张小小的花纸——那是跟"糊箪纸"一块儿买来的，一张印的花色是"聚宝盆"，另两张都是手执尖角旗的人儿骑在马上，据说是"蚕花太子"。

"四大娘！你爸爸做中人借来三十块钱，就只买了二十担叶。后来米又吃完了，怎么办？"

老通宝气喘喘地从他的工作里抬起头来，望着四大娘。那三十块钱是二分半的月息。总算有四大娘的父亲张财发做中人，

---

① "缀头"也是方音，是稻草扎的，蚕在上面做茧子。

那债主也就是张财发的东家"做好事",这才只要了二分半的月息。条件是蚕事完后本利归清。

四大娘把糊好了的"蚕窐"放在太阳底下晒,好像生气似的说:

"都买了叶!又像去年那样多下来——"

"什么话!你倒先来发利市了!年年像去年么?自家只有十来担叶;五张布子(蚕种),十来担叶够么?"

"噢,噢;你总是不错的!我只晓得有米烧饭,没米饿肚子!"

四大娘气哄哄地回答;为了那"洋种"问题,她到现在常要和老通宝抬杠。

老通宝气得脸都紫了。两个人就此再没有一句话。

但是"收蚕"的时期一天一天逼进了。这二三十人家的小村落突然呈现了一种大紧张,大决心,大奋斗,同时又是大希望。人们似乎连肚子饿都忘记了。老通宝他们家东借一点,西赊一点,居然也一天一天过着来。也不仅老通宝他们,村里哪一家有两三斗米放在家里呀!去年秋收固然还好,可是地主、债主、正税、杂捐,一层一层地剥削来,早就完了。现在他们唯一的指望就是春蚕,一切临时借贷都是指明在这"春蚕收成"中偿还。

他们都怀着十分希望又十分恐惧的心情来准备这春蚕的大

搏战!

"谷雨"节一天近一天了。村里二三十人家的"布子"都隐隐现出绿色来。女人们在稻场上碰见时,都匆忙地带着焦灼而快乐的口气互相告诉道:

"六宝家快要'窝种'①了呀!"

"荷花说她家明天就要'窝'了。有这么快!"

"黄道士去测一字,今年的青叶要贵到四洋!"

四大娘看自家的五张"布子"。不对!那黑芝麻似的一片细点子还是黑沉沉,不见绿影。她的丈夫阿四拿到亮处去细看,也找不出几点"绿"来。四大娘很着急。

"你就先'窝'起来罢!这余杭种,作兴是慢一点的。"

阿四看着他老婆,勉强自家宽慰。四大娘堵起了嘴巴不回答。

老通宝哭丧着干皱的老脸,没说什么,心里却觉得不妙。

幸而再过了一天,四大娘再细心看那"布子"时,哈,有几处转成绿色了!而且绿的很有光彩。四大娘立刻告诉了丈夫,告诉了老通宝,多多头,也告诉了她的儿子小宝。她就把那些布子贴肉揾在胸前,抱着吃奶的婴孩似的静静儿坐着,动也不敢多动

---

① "窝种"也是老通宝乡里的习惯。蚕种转成绿色后就得把来贴肉韫着,约三四天后,蚕蚁孵出,就可以"收蚕"。这工作是女人做的。"窝"是方音,意即"揾"也。

了。夜间，她抱着那五张布子到被窝里，把阿四赶去和多多头做一床。那布子上密密麻麻的蚕子儿贴着肉，怪痒痒的；四大娘很快活，又有点儿害怕，她第一次怀孕时胎儿在肚子里动，她也是那样半惊半喜的！

全家都是惴惴不安地又很兴奋地等候"收蚕"。只有多多头例外。他说：今年蚕花一定好，可是想发财却是命里不曾来。老通宝骂他多嘴，他还是要说。

蚕房早已收拾好了。"窝种"的第二天，老通宝拿一个大蒜头涂上一些泥，放在蚕房的墙脚边；这也是年年的惯例，但今番老通宝更加虔诚，手也抖了。去年他们"卜"①的非常灵验。可是去年那"灵验"，现在老通宝想也不敢想。

现在这村里家家都在"窝种"了。稻场上和小溪边顿时少了那些女人们的踪迹。一个"戒严令"也在无形中颁布了；乡农们即使平日是最好的，也不往来；人客来冲了蚕神不是玩的！他们至多在稻场上低声交谈一二句就走开。这是个"神圣"的季节。

老通宝家的五张布子上也有些"乌娘"②蠕蠕地动了。于是全家的空气，突然紧张。那正是"谷雨"前一日。四大娘料来可

---

① 用大蒜头来"卜"蚕花好否，是老通宝乡里的迷信。收蚕前两三天，以大蒜涂泥置蚕房中，至收蚕那天拿来看，蒜叶多主蚕熟，少则不熟。
② 老通宝乡间称初生的蚕蚁为"乌娘"，这也是方音。

以挨过了"谷雨"节那一天①。布子不须再"窝"了,很小心地放在"蚕房"里。老通宝偷眼看一下那个躺在墙脚边的大蒜头,他心里就一跳。那大蒜头上还只有一两茎绿芽!老通宝不敢再看,心里祷祝后天正午会有更多更多的绿芽。

终于"收蚕"的日子到了。四大娘心神不定地淘米烧饭,时时看饭锅上的热气有没有直冲上来。老通宝拿出预先买了来的香烛点起来,恭恭敬敬放在灶君神位前。阿四和阿多去到田里采野花。小小宝帮着把灯芯草剪成细末子,又把采来的野花揉碎。一切都准备齐全了时,太阳也近午刻了,饭锅上水蒸气嘟嘟地直冲,四大娘立刻跳了起来,把"蚕花"②和一对鹅毛插在发髻上,就到"蚕房"里。老通宝拿着秤杆,阿四拿了那揉碎的野花片儿和灯芯草碎末。四大娘揭开"布分",就从阿四手里拿过那野花碎片和灯芯草末子撒在"布子"上,又接过老通宝手里的秤杆来,将"布子"挽在秤杆上,于是拔下发髻上的鹅毛在布子上轻轻儿拂;野花片,灯芯草末子,连同"乌娘",都拂在那"蚕箪"里了。一张,两张,……都拂过了;最后一张是洋种,那就

---

① 老通宝乡里的习惯,"收蚕"——即收蚁,须得避过谷雨那一天,或上或下都可以,但不能正在谷雨那一天。什么理由,可不知道。

② "蚕花"是一种纸花,预先买下来的。这些迷信的仪式,各处小有不同。

收在另一个"蚕箪"里。末了,四大娘又拔下发髻上那朵"蚕花",跟鹅毛一块插在"蚕箪"的边儿上。

这是一个隆重的仪式!千百年相传的仪式!那好比是誓师典礼,以后就要开始了一个月光景的和恶劣的天气和恶运以及和不知什么的连日连夜无休息的大决战!

"乌娘"在"蚕箪"里蠕动,样子非常强健;那黑色也是很正路的。四大娘和老通宝他们都放心地松一口气了。但当老通宝悄悄地把那个"命运"的大蒜头拿起来看时,他的脸色立刻变了!大蒜头上还只得三四茎嫩芽!天哪!难道又同去年一样?

三

然而那"命运"的大蒜头这次竟不灵验。老通宝家的蚕非常好!虽然头眠二眠的时候连天阴雨,气候是比"清明"边似乎还要冷一点,可是那些"宝宝"都很强健。

村里别人家的"宝宝"也都不差。紧张的快乐弥漫了全村庄,似那小溪里琤琤的流水也像是朗朗的笑声了。只有荷花家是例外。

她们家看了一张"布子",可是"出火"①只称得二十斤;

---

① "出火"也是方言,是指"二眠"以后的"三眠";因为"眠"时特别短,所以叫"出火"。

"大眠"快边人们还看见那不声不响晦气色的丈夫根生倾弃了三"蚕箪"在那小溪里。

这一件事,使得全村的妇人对于荷花家特别"戒严"。她们特地避路,不从荷花的门前走,远远的看见了荷花或是她那不声不响丈夫的影儿就赶快躲开;这些幸运的人儿惟恐看了荷花他们一眼或是交谈半句话就传染了晦气来!

老通宝严禁他的小儿子多多头跟荷花说话。——"你再跟那东西多嘴,我就告你忤逆!"老通宝站在廊檐外高声大气喊,故意要叫荷花他们听得。

小小宝也受到严厉的嘱咐,不许跑到荷花家的门前,不许和他们说话。

阿多像一个聋子似的不理睬老头子那早早夜夜的唠叨,他心里却在暗笑。全家就只有他不大相信那些鬼禁忌。可是他也没有跟荷花说话,他忙都忙不过来。

"大眠"捉了毛三百斤,老通宝全家连十二岁的小宝也在内,都是两日两夜没有合眼。蚕是少见的好,活了六十岁的老通宝记得只有两次是同样的,一次就是他成家的那年,又一次是阿四出世那一年。"大眠"以后的"宝宝"第一天就吃了七担叶,个个是生青滚壮,然而老通宝全家都瘦了一圈,失眠的眼睛上布满了红丝。

谁也料得到这些"宝宝"上山前还得吃多少叶。老通宝和儿子阿四商量了：

"陈大少爷借不出，还是再求财发的东家罢？"

"地头上还有十担叶，够一天。"

阿四回答，他委实是支撑不住了，他的一双眼皮像有几百斤重，只想合下来。老通宝却不耐烦了，怒声喝道：

"说什么梦话！刚吃了两天老蚕呢。明天不算，还得吃三天，还要三十担叶，三十担！"

这时外边稻场上忽然人声喧闹，阿多押了新发来的五担叶来了。于是老通宝和阿四的谈话打断，都出去"捋叶"。四大娘也慌忙从蚕房里钻出来。隔溪陆家养的蚕不多，那大姑娘六宝抽得出工夫，也来帮忙了。那时星光满天，微微有点风，村前村后都断断续续传来了吆喝和欢笑，中间有一个粗暴的声音嚷道；

"叶行情飞涨了！今天下午镇上开到四洋一担！"

老通宝偏偏听得了，心里急得什么似的。四块钱一担，三十担可要一百二十块呢，他哪来这许多钱！但是想到茧子总可以采五百多斤，就算五十块钱一百斤，也有这么二百五，他又心里一宽。那边"捋叶"的人堆里忽然又有一个小小的声音说：

"听说东路不大好，看来叶价钱涨不到多少的！"

老通宝认得这声音是陆家的六宝。这使他心里又一宽。

那六宝是和阿多同站在一个筐子边"捋叶"。在半明半暗的星光下,她和阿多靠得很近。忽然她觉得在那"杠条"①的隐蔽下,有一只手在她大腿上拧了一把。好像知道是谁拧的,她忍住了不笑,也不声张。蓦地那手又在她胸前摸了一把,六宝直跳起来,出惊地喊了一声:

"嗳哟!"

"什么事?"

同在那筐子边捋叶的四大娘问了,抬起头来。六宝觉得自己脸上热烘烘了,她偷偷地瞪了阿多一眼,就赶快低下头,很快地捋叶,一面回答:

"没有什么。想来是毛毛虫刺了我一下。"

阿多咬住了嘴唇暗笑。虽然在这半个月来也是半饱而且少睡,也瘦了许多了,他的精神可还是很饱满。老通宝那种忧愁,他是永远没有的。他永不相信靠一次蚕花好或是田里熟,他们就可以还清了债再有自己的田;他知道单靠勤俭工作,即使做到背脊骨折断也是不能翻身。但是他仍旧很高兴地工作着,他觉得这也是一种快活,正像和六宝调情一样。

第二天早上,老通宝就到镇里去想法借钱来买叶。临走前,

---

① "杠条"也是方言,指那些带叶的桑树枝条。通常采叶是连枝条剪下来的。

他和四大娘商量好，决定把他家那块出产十五担叶的桑地去抵押。这是他家最后的产业。

叶又买来了三十担。第一批的十担发来时，那些壮健的"宝宝"已经饿了半点钟了。"宝宝"们尖出了小嘴巴，向左向右乱晃，四大娘看得心酸。叶铺了上去，立刻蚕房里充满着萨萨的响声，人们说话也不大听得清。不多一会儿，那些"团扁"里立刻又全见白了，于是又铺上厚厚的一层叶。人们单是"上叶"也就忙得透不过气来。但这是最后五分钟了。再得两天，"宝宝"可以上山。人们把剩余的精力榨出来拼死命干。

阿多虽然接连三日三夜没有睡，却还不见怎么倦。那一夜，就由他一个人在"蚕房"里守那上半夜，好让老通宝以及阿四夫妇都去歇一歇。那是个好月夜，稍稍有点冷。蚕房里煴了一个小小的火。阿多守到二更过，上了第二次的叶，就蹲在那个"火"旁边听那些"宝宝"萨萨萨地吃叶。渐渐儿他的眼皮合上了。恍惚听得有门响，阿多的眼皮一跳，睁开眼来看了看，就又合上了。他耳朵里还听得萨萨萨的声音和屑索屑索的怪声。猛然一个踉跄，他的头在自己膝头上磕了一下，他惊醒过来，恰就听得蚕房的芦帘拍叉一声响，似乎还看见有人影一闪。阿多立刻跳起来，到外面一看，门是开着，月光下稻场上有一个人正走向溪边去。阿多飞也似跳出去，还没看清那人是谁，已经把那人抓过来摔在地下。他断定了这是一个贼。

"多多头！打死我也不怨你，只求你不要说出来！"

是荷花的声音，阿多听真了时不禁浑身的汗毛都竖了起来。月光下他又看见那扁得作怪的白脸儿上一对细圆的眼睛定定地看住了他。可是恐怖的意思那眼睛里也没有。阿多哼了一声，就问道：

"你偷什么？"

"我偷你们的宝宝！"

"放到哪里去了？"

"我扔到溪里去了！"

阿多现在也变了脸色。他这才知道这女人的恶意是要冲克他家的"宝宝"。

"你真心毒呀！我们家和你们可没有冤仇！"

"没有么？有的，有的！我家自管蚕花不好，可并没害了谁，你们都是好的！你们怎么把我当作白老虎，远远地望见我就别转了脸？你们不把我当人看待！"

那妇人说着就爬了起来，脸上的神气比什么都可怕。阿多瞅着那妇人好半晌，这才说道：

"我不打你，走你的罢！"

阿多头也不回的跑回家去，仍在"蚕房"里守着。他完全没有睡意了。他看那些"宝宝"，都是好好的。他并没想到荷花可恨或可怜，然而他不能忘记荷花那一番话；他觉到人和人中间有什么地方是永远弄不对的，可是他不能够明白想出来是什么地方，或是为什么。再过一会儿，他就什么都忘记了。"宝宝"是强健的，像有魔法似的吃了又吃，永远不会饱！

以后直到东方快打白了时，没有发生事故。老通宝和四大娘来替换阿多了，他们拿那些渐渐身体发白而变短了的"宝宝"在亮处照着，看是"有没有通"。他们的心被快活胀大了。但是太阳出山时四大娘到溪边汲水，却看见六宝满脸严重地跑过来悄悄地问道：

"昨夜二更过，三更不到，我远远地看见那骚货从你们家跑出来，阿多跟在后面，他们站在这里说了半天话呢！四阿嫂！你们怎么不管事呀？"

四大娘的脸色立刻变了，一句话也没说，提了水桶就回家去，先对丈夫说了，再对老通宝说。这东西竟偷进人家"蚕房"来了，那还了得！老通宝气得直跺脚，马上叫了阿多来查问。但是阿多不承认，说六宝是做梦见鬼。老通宝又去找六宝询问。六宝是一口咬定了看见的。老通宝没有主意，回家去看那"宝宝"，仍然是很健康，瞧不出一些败相来。

但是老通宝他们满心的欢喜却被这件事打消了。他们相信六宝的话不会毫无根据。他们唯一的希望是那骚货或者只在廊檐口和阿多鬼混了一阵。

"可是那大蒜头上的苗却当真只有三四茎呀！"

老通宝白心里这么想，觉得前途只是阴暗。可不是，吃了许多叶去，一直落来都很好，然而上了山却干僵了的事，也是常有的。不过老通宝无论如何不敢想到这上头去；他以为即使是肚子里想，也是不吉利。

四

"宝宝"都上山了，老通宝他们还是捏着一把汗。他们钱都花光了，精力也绞尽了，可是有没有报酬呢，到此时还没有把握。虽则如此，他们还是硬着头皮去干。"山棚"下燃了火，老通宝和阿四他们伛着腰慢慢地从这边蹲到那边，又从那边蹲到这边。他们听得山棚上有些屑屑索索的细声音①，他们就忍不住想笑，过一会儿又不听得了，他们的心就重甸甸地往下沉了。这样地，心是焦灼着，却不敢向山棚上望。偶或他们仰着的脸上淋到

---

① 蚕在山棚上受到热，就往"缀头"柴上爬，所以有屑索屑索的声音。这是蚕要做茧子时的第一步手续。爬不上去的，不是健康的蚕，多半不能作茧。

了一滴蚕尿了①,虽然觉得有点难过,他们心里却快活;他们巴不得多淋一些。

阿多早已偷偷地挑开"山棚"外围着的芦帘望过几次了。小小宝看见,就扭住了阿多,问"宝宝"有没有做茧子。阿多伸出舌头做一个鬼脸,不回答。

"上山"后三天,熄火了。四大娘再也忍不住,也偷偷地挑开芦帘角看了一眼,她的心立刻卜卜地跳了。那是一片雪白,几乎连"缀头"都瞧不见;那是四大娘有生以来从没有见过的"好蚕花"呀!老通宝全家立刻充满了欢笑。现在他们一颗心定下来了!"宝宝"们有良心,四洋一担的叶不是白吃的;他们全家一个月的忍饿失眠总算不冤枉,天老爷有眼睛!

同样的欢笑声在村里到处都起来了。今年蚕花娘娘保佑这小小的村子。二三十人家都可以采到七八分,老通宝家更是比众不同,估量来总可以采一个十二三分。

小溪边和稻场上现在又充满了女人和孩子们。这些人都比一个月前瘦了许多,眼眶陷进了,嗓子也发沙,然而都很快活兴奋。她们嘈嘈地谈论那一个月内的"奋斗"时,她们的眼前便时时现出一堆堆雪白的洋钱,她们那快乐的心里便时时闪过了这样

---

① 据说蚕在作茧以前必撒一泡尿。而这尿是黄色的。

的盘算：夹衣和夏衣都在当铺里，这可先得赎出来；过端阳节也许可以吃一条黄鱼。

那晚上荷花和阿多的把戏也是她们谈话的资料。六宝见了人就宣传荷花的"不要脸，送上门去！"男人们听了就粗暴地笑着，女人们念一声佛，骂一句，又说老通宝家总算幸气，没有犯克，那是菩萨保佑，祖宗有灵！

接着是家家都"浪山头"了，各家的至亲好友都来"望山头"①。老通宝的亲家张财发带了小儿子阿九特地从镇上来到村里。他们带来的礼物，是软糕、线粉、梅子、枇杷，也有咸鱼。小小宝快活得好像雪天的小狗。

"通宝，你是卖茧子呢，还是自家做丝？"

张老头子拉老通宝到小溪边一棵杨柳树下坐了，这么悄悄地问。这张老头子张财发是出名"会寻快活"的人，他从镇上城隍庙前露天的"说书场"听来了一肚子的疙瘩东西；尤其烂熟的，是《十八路反王，七十二处烟尘》，程咬金卖柴扒，贩私盐出身，瓦岗寨做反王的《隋唐演义》。他向来说话"没正经"，老通宝是知道的；所以现在听得问是卖茧子或者自家做丝，老通宝

---

① "浪山头"在熄火后一日举行，那时蚕已成茧，山棚四周的芦帘撤去。"浪"是"亮出来"的意思。"望山头"是来探望"山头"，有慰问祝颂的意思。"望山头"的礼物也有定规。

并没把这话看重,只随口回答道:

"自然卖茧子。"

张老头子却拍着大腿叹一口气。忽然他站了起来,用手指着村外那一片秃头桑林后面耸露出来的茧厂的风火墙说道:

"通宝!茧子是采了,那些茧厂的大门还关得紧洞洞呢!今年茧厂不开秤!——十八路反王早已下凡,李世民还没出世;世界不太平!今年茧厂关门,不做生意!"

老通宝忍不住笑了,他不肯相信。他怎么能够相信呢?难道那"五步一岗"似的比露天毛坑还要多的茧厂会一齐都关了门不做生意?况且听说和东洋人也已"讲拢",不打仗了,茧厂里驻的兵早已开走。

张老头子也换了话,东拉西扯讲镇里的"新闻",夹着许多"说书场"上听来的什么秦叔宝,程咬金。最后,他代他的东家催那三十块钱的债,为的他是"中人"。

然而老通宝到底有点不放心。他赶快跑出村去,看看"塘路"上最近的两个茧厂,果然大门紧闭,不见半个人;照往年说,此时应该早已摆开了柜台,挂起了一排乌亮亮的大秤。

老通宝心里也着慌了,但是回家去看见了那些雪白发光很厚实硬古古的茧子,他又忍不住嘻开了嘴。上好的茧子!会没有人要,他不相信。并且他还要忙着采茧,还要谢"蚕花利市"①,他渐渐不把茧厂的事放在心上了。

可是村里的空气一天一天不同了。才得笑了几声的人们现在又都是满脸的愁云。各处茧厂都没开门的消息陆续从镇上传来,从"塘路"上传来。往年这时候,"收茧人"像走马灯似的在村里巡回,今年没见半个"收茧人",却换替着来了债主和催粮的差役。请债主们就收了茧子罢,债主们板起面孔不理。

全村子都是嚷骂,诅咒,和失望的叹息!人们做梦也不会想到今年"蚕花"好了,他们的日子却比往年更加困难。这在他们是一个青天的霹雳!并且愈是像老通宝他们家似的,蚕愈养得多,愈好,就愈加困难,——"真正世界变了!"老通宝捶胸跺脚地没有办法。然而茧子是不能搁久了的,总得赶快想法:不是卖出去,就是自家做丝。村里有几家已经把多年不用的丝车拿出来修理,打算自家把茧做成了丝再说。六宝家也打算这么办。老通宝便也和儿子媳妇商量道:

"不卖茧子了,自家做丝!什么卖茧子,本来是洋鬼子行出来的!"

---

① 老通宝乡里的风俗,"大眠"以后得拜一次"利市",采茧以后,也是一次。经济窘的人家只举行了"谢蚕花利市","拜利市"也是方言,意即"谢神"。

"我们有四百多斤茧子呢,你打算摆几部丝车呀!"

四大娘首先反对了。她这话是不错的。五百斤的茧子可不算少,自家做丝万万千不了。请帮手么?那又得花钱。阿四是和他老婆一条心。阿多抱怨老头子打错了主意,他说:

"早依了我的话,扣住自己的十五担叶,只看一张洋种,多么好!"

老通宝气得说不出话来。

终于一线希望忽又来了。同村的黄道士不知从哪里得的消息,说是无锡脚下的茧厂还是照常收茧。黄道士也是一样的种田人,并非吃十方的"道士",向来和老通宝最说得来。于是老通宝去找那黄道士详细问过了以后,便又和儿子阿四商量把茧子弄到无锡脚下去卖。老通宝虎起了脸,像吵架似的嚷道:

"水路去有三十多九[1]呢!来回得六天!他妈的!简直是充军!可是你有别的办法么?茧子当不得饭吃,蚕前的债又逼紧来!"

阿四也同意了。他们去借了一条赤膊船,买了几张芦席,赶那几天正是好晴,又带了阿多。他们这卖茧子的"远征军"就此出发。

---

[1] 老通宝乡间计算路程都以"九"计;"一九"就是九里。"十九"是九十里,"三十多九"就是三十多个"九里"。

五天以后,他们果然回来了;但不是空船,船里还有一筐茧子没有卖出。原来那三十多九水路远的茧厂挑剔得非常苛刻:洋种茧一担只值三十五元,土种茧一担二十元,薄茧不要。老通宝他们的茧子虽然是上好的货色,却也被茧厂里挑剩了那么一筐,不肯收买。老通宝他们实卖得一百十一块钱,除去路上盘川,就剩了整整的一百元,不够偿还买青叶所借的债!老通宝路上气得生病了,两个儿子扶他到家。

打回来的八九十斤茧子,四大娘只好自家做丝了。她到六宝家借了丝车,又忙了五六天。家里米又吃完了。叫阿四拿那丝上镇里去卖,没有人要;上当铺当铺也不收。说了多少好话,总算把清明前当在那里的一石米换了出来。

就是这么着,因为春蚕熟,老通宝一村的人都增加了债!老通宝家为的养了五张布子的蚕,又采了十多分的好茧子,就此白赔上十五担叶的桑地和三十块钱的债!一个月光景的忍饿熬夜还都不算!

1932年

(原载1932年11月1日《现代》第2卷第1期)

秋　收

一

　　直到旧历五月尽头，老通宝那场病方才渐渐好了起来。除了他的媳妇四大娘到祖师菩萨那里求过两次"丹方"而外，老通宝简直没有吃过什么药；他就仗着他那一身愈穷愈硬朗的筋骨和病魔挣扎。

　　可是第一次离床的第一步，他就觉得有点不对了；两条腿就同踏在棉花堆里似的，软软地不得劲，而且他无论如何也不能把腰板挺直。"躺了那么长久，连骨节都生了锈了！"——老通宝不服气地想着，努力想装出还是少壮的气概来。然而当他在洗脸盆的水中照见了自己的面相时，却也忍不住叹一口气了。那脸盆里的面影难道就是他么？那是高撑着两根颧骨，一个瘦削的鼻头，两只大廓落落的眼睛，而又满头乱发，一部灰黄的络腮胡子，喉结就像小拳头似的突出来；——这简直七分像鬼呢！老通宝仔细看着，看着，再也忍不住那眼眶里的泪水往脸盆里直滴。

这是倔强的他近年来第一次淌眼泪。四五十年辛苦挣成了一份家当的他，素来就只崇拜两件东西：一是菩萨，一是健康。他深切地相信：没有菩萨保佑，任凭你怎么刁钻古怪，弄来的钱财到底是不"作肉"的；而没有了健康，即使菩萨保佑，你也不能挣钱活命。在这上头，老通宝所信仰的菩萨就是"财神"。每逢旧历朔望，老通宝一定要到村外小桥头那座简陋不堪的"财神堂"跟前磕几个响头，四十余年如一日。然而现在一场大病把他弄到七分像鬼，这打击就比茧子卖不起价钱还要厉害些。他觉得他这一家从此完了，再没有翻身的日子。

"唉！总共不过困了个把月，怎么就变了样子！"

望着那蹲在泥灶前吹火的四大娘，老通宝轻轻说了这么一句。

没有回答。蓬松着头发的四大娘头脸几乎要钻进灶门去似的一股劲儿在那里胡胡地吹。白烟弥漫了一屋子，又从屋前屋后钻出去，可是那半青的茅草不肯旺燃。十二三岁的小宝从稻场上跑进来，呛着那烟气就咳起来了；一边咳，一边就嚷肚子饿。老通宝也咳了几声，抖颤着一对腿，走到那泥灶跟前，打算帮一手。但此时灶门前一亮，茅草燃旺了，接着就有小声儿的必剥必剥的爆响。四大娘加了几根桑梗在灶里，这才抬起头来，却已是满脸泪水；不知道是为了烟熏了眼睛呢，还是另有原因，总之，这位向来少说话多做事的女人现在也是淌眼泪。

公公和儿媳妇两个,泪眼对看着,都没有话。灶里现在燃旺了,火舌头舐到灶门外。那一片火光映得四大娘满脸通红。这火光,虽然掩过了四大娘脸上的菜色,可掩不过她那消瘦。而且那发育很慢的小宝这时倚在他母亲身边,也是只剩了皮包骨头,简直像一只猴子。这一切,老通宝现在是看得十分清楚,——他躺在那昏暗的病床上也曾摸过小宝的手,也曾觉得这孩子瘦了许多,可总不及此时他看的真切,——于是他突然一阵心酸,几乎哭出声来了。

"呀,呀,小宝!你怎么的?活像是童子痨呢!"

老通宝气喘喘地挣扎出话来,他那大廓落落的眼睛钉住了四大娘的面孔。

仍旧没有回答,四大娘撩起那破洋布衫的大襟来抹眼泪。

锅盖边嘟嘟地吹着白的蒸汽了。那汽里还有一股香味。小宝踅到锅子边凑着那热气嗅了一会儿,就回转头撅起嘴巴,问他的娘道:

"又是南瓜!娘呀!你怎么老是南瓜当饭吃!我要——我想吃白米饭呢!"

四大娘猛的抽出一条桑梗来,似乎要打那多嘴的小宝了;但终于只在地上鞭了一下,随手把桑梗折断,别转脸去对了灶门,不说话。

"小宝，不要哭；等你爷回来，就有白米饭吃。爷到你外公家去——托你外公借钱去了；借钱来就买米，烧饭给你吃。"老通宝的一只枯瘠的手抖簌簌地摸着小宝的光头，喃喃地说。

他这话可不是撒谎。小宝的父亲，今天一早就上镇里找他岳父张财发，当真是为的借钱，——好歹要揪住那张老头儿做个"中人"向镇上那专放"乡债"的吴老爷"借转"这么五块十块钱。但是小宝却觉得那仍旧是哄他的。足有一个半月了，他只听得爷和娘商量着"借钱来买米"。可是天天吃的还不是南瓜和芋头！讲到芋头，小宝也还有几分喜欢；加点儿盐烧熟了，上口也还香腻。然而那南瓜呀，松波波的，又没有糖，怎么能够天天当正经吃？不幸是近来半个月每天两顿总是老调的淡南瓜！小宝想起来就心里要作呕了。他含着两泡眼泪望着他的祖父，肚子里却又在咕咕地叫。他觉得他的祖父，他的爷，娘，都是硬心肠的人；他就盼望他的叔叔多多头回来，也许这位野马似的好汉叔叔又像上次那样带几个小烧饼来偷偷地给他香一香嘴巴。

然而叔父多多头已经有三天两夜不曾回家，小宝是记得很真的！

锅子里的南瓜也烧熟了，滋滋地叫响。老通宝揭开锅盖一看，那小半锅的南瓜干渣渣地没有汤，靠锅边并且已经结成"南瓜锅巴"了；老通宝眉头一皱，心里就抱怨他的儿媳妇太不知道俭省。蚕忙以前，他家也曾断过米，也曾烧南瓜当饭吃，但那时两个南瓜就得对上一锅子的水，全家连大带小五个人汤漓漓地多喝几碗也是一个饱；现在他才只病倒了个把月，他们年青人就专往"浪费"这条路上跑，这还了得么？他这一气之下，居然他那灰青的面皮有点红彩了。他抖抖簌簌地走到水缸边正待舀起水来，想往锅里加，猛不防四大娘劈头抢过去就把那干渣渣的南瓜糊一碗一碗盛了起来，又哑着嗓子叫道：

"不要加水！就只我们三个，一顿吃完，晚上小宝的爷总该带回几升米来了！——嗳，小宝，今回的南瓜干些，滋味好，你来多吃一碗罢！"

嚓！嚓！嚓！四大娘手快，已经在那里铲着南瓜锅巴了。老通宝气得说不出话来，捧了一碗南瓜就巍颤颤地踱到"廊檐口"，坐在门槛上慢慢地吃着，满肚子是说不明白的不舒服。

面前稻场上一片太阳光，金黄黄地耀得人们眼花。横在稻场前的那条小河像一条银带；可是河水也浅了许多了，岸边的几枝水柳叶子有点发黄。河岸两旁静悄悄地没个人影，连黄狗和小鸡也不见一只。往常在这正午时分，河岸上总有些打水洗衣洗碗盏的女人和孩子，稻场上总有些刚吃过饭的男子衔着旱烟袋，蹲在树底下，再不然，各家的廊檐口总也有些人像老通宝似的坐在门槛上吃喝着谈着，但现在，太阳光暖和地照着，小河的水静悄悄地流着，这村庄却像座空山了！老通宝才只一个半月没到廊檐口来，可是这村庄已经变化，他几乎认不得了，正像他的小宝瘦到几乎认不得一样！

碗里的南瓜糊早已完了，老通宝瞪着一对大廓落落的眼睛望着那小河，望着隔河的那些冷寂的茅屋，一边还在机械地啜着。他也不去推测村里的人为什么整伙儿不见面，他只觉得自己一病以后这世界就变了！第一是他自己，第二是他家里的人，——四大娘和小宝，而最后，是他所熟悉的这个生长之乡。有一种异样的悲酸冲上他鼻尖来了。他本能地放下那碗，双手捧着头，胡乱地想这想那。

他记得从"长毛窝"里逃出来的祖父和父亲常常说起"长毛""洗劫过"（那叫做"打先风"罢）的村庄就是没半个人影子，也没鸡狗叫。今年新年里东洋小鬼打上海的时候，村里大家都嚷着"又是长毛来了"。但以后不是听说又讲和了么？他在病中，也没听说"长毛"来。可是眼前这村庄的荒凉景象多么像那"长毛打过先风"的村庄呀！他又记得他的祖父也常常说起，"长毛"到一个村庄，有时并不"开刀"，却叫村里人一块儿跟去做"长毛"；那时，也留下一座空空的村庄。难道现在他这村里的人也跟了去做"长毛"？原也听说别处地方闹"长毛"闹了好几年了,可是他这村里都还是"好百姓"呀,难道就在他病中昏迷那几天里"长毛"已经来过了么?这,想来也不像。

突然一阵脚步声在老通宝跟前跑过。老通宝出惊地抬起头来,看见扁阔的面孔上一对细眼睛正在对着他瞧。这是他家紧邻李根生的老婆,那出名的荷花!也是瘦了一圈,但正因为这瘦,反使荷花显得俏些:那一对眼睛也像比往常讨人欢喜,那眼光中混乱着同情和惊讶。但是老通宝立刻想起了春蚕时候自己家和荷花的宿怨来,并且他又觉得病后第一次看见生人面却竟是这个"白虎星"那就太不吉利,他恨恨地吐了一口唾沫,赶快垂下头去把脸藏过了。

一会儿以后,老通宝再抬起头来看时,荷花已经不见了,太阳光晒到他脚边。于是他就想起这时候从镇上回到村里来的航船正该开船,而他的儿子阿四也许在那船上,也许已经借到了几块钱,已经买了米。他下意识地咂着舌头了。实在他亦厌恶那老调的南瓜糊,他也想到了米饭就忍不住咽口水。

"小宝!小宝!到阿爹这里来罢!"

想到米饭,便又想到那饿瘦得可怜的孙子,老通宝扬着声音叫了。这是他今天离了病床后第一次像个健康人似的高声叫着。没有回音。老通宝看看天空,第二次用尽力气提高了嗓子再叫。可是出他意外,小宝却从紧邻的荷花家里跳出来了,并且手里还拿一个扁圆东西，看去像是小烧饼。这猴子似的小孩子跳到老通宝跟前，将手里的东西冲着老通宝的脸一扬，很卖弄似的叫一声"阿爹，你看，烧饼！"就慌忙塞进嘴里去了。

老通宝忍不住也咽下一口唾沫，嘴角边也掠过一丝艳羡的微笑；但立刻他放沉了脸色，轻声问道：

"小宝！谁给你的？这——烧饼！"

"荷——荷——"

小宝嘴里塞满了烧饼，说不出来。老通宝却已经明白，他的脸色更加难看了。他这时的心理很复杂：小宝竟去吃"仇人"的东西，真是太丢脸了！而且荷花家里竟有烧饼，那又是什么"天理"呀！老通宝恨得咬牙跺脚，可又不舍得打这可怜的小宝。这时小宝已经吞下了那个饼，就很得意地说道：

"阿爹！荷花给我的。荷花是好人，她有饼！"

"放屁！"

老通宝气得脸都红了，举起手来作势要打。可是小宝不怕，又接着说：

"她还有呢！她是镇上拿来的。她说明天还要去拿米，白米！"

老通宝霍地站了起来，浑身发抖。一个半月没有米饭下肚的他，本来听得别人家有米饭就会眼红，何况又是他素来看不起的荷花家！他铁青了脸，粗暴地叫骂道：

"什么希罕！光景是做强盗抢来的罢！有朝一日捉去杀了头，这才是现世报！"

骂是骂了，却是低声的。老通宝转眼睃着他的孙子，心里便筹算着如果荷花出来"斗口"，怎样应付。平白地诬人"强盗"，可不是玩的。然而荷花家意外地毫无声响。倒是不识趣的小宝又做着鬼脸说道：

"阿爹！不是的！荷花是好人，她有烧饼，肯给我吃！"

老通宝的脸色立刻又灰白了。他不做声，转脸看见廊檐口那破旧的水车旁边有一根竹竿，随手就扯了过来。小宝一瞧神气不对，撒腿就跑，偏偏又向荷花家钻进去了。老通宝正待追赶，蓦地一阵头晕眼花，两腿发软，就坐在泥地上，竹竿撇在一边。这时候，隔河稻场上闪出一个人来，踱过那四根木头并排做成的"桥"，向着老通宝叫道：

"恭喜，恭喜！今天出来走动走动了！老通宝！"

虽则眼前还有几颗黑星在那里飞舞，可是一听那声音，老通宝就知道那人是村里的黄道士，心里就高兴起来。他俩在村里是一对好朋友，老通宝病时，这黄道士就是常来探问的一个。村里人也把他俩看成一双"怪物"：因为老通宝是有名的顽固，凡是带着一个"洋"字的东西他就恨如"七世冤家"，而黄道士呢，随时随地卖弄他在镇上学来的几句"斯文话"，例如叫铜钱为"孔方兄"，对人谈话的时候总是"宝眷""尊驾"那一套，村里人听去就仿佛是道士念咒，——因此就给他取了这绰号：道士。可是老通宝却就懂得这黄道士的"斯文话"。并且他常常对儿子阿四说，黄道士做种田人，真是"埋没"！

当下老通宝就把一肚子牢骚对黄道士诉说道：

"道士！说来活活气死人呢！我病了个把月，这世界就变到不像样了！你看，村坊里就像'长毛'刚来'打过先风'！那母狗白虎星，不知道到哪里去偷摸了几个烧饼来，不争气的小宝见着嘴馋！道士，你说该打不该打？"

老通宝说着又抓起身边那竹竿，扑扑地打着稻场上的泥地。黄道士一边听，一边就学着镇上城隍庙里那"三世家传"的测字先生的神气，肩膀一摇一摆地点头叹气。末后，他悄悄地说：

"世界要反乱呢！通宝兄你知道村坊里人都干什么去了？——咳，吃大户，抢米囤！是前天白淇浜的乡下人做开头，今天我们村坊学样去了！令郎阿多也在内——可是，通宝兄，尊驾贵恙刚好，令郎的事，你只当不晓得罢了。哈哈，是我多嘴！"

老通宝听得明白，眼睛一瞪，忽地跳了起来，但立刻像头顶上碰到了什么似的又软瘫在地下，嘴唇簌簌地抖了。吃大户，抢米囤么？他心里乱札札地又惊又喜：喜的是荷花那烧饼果然来路"不正"，他刚才一口喝个正着，惊的是自己的小儿子多多头也干那样的事，"现世报"莫不要落在他自己身上。黄道士眯着一双细眼睛，很害怕似的瞧着老通宝，又连声说道：

"抱歉，抱歉！贵体保重要紧，要紧！是我嘴快闯祸了！目下听说'上头'还不想严办，不碍事。回头你警戒警戒令郎就行了！"

"咳，道士，不瞒你说，我一向看得那小畜生做人之道不对，老早就疑心是那'小长毛'冤鬼投胎，要害我一家！现在果然做出来了！——他不回来便罢，回来时我活埋这小畜生！道士，谢谢你，给我透个信；我真是瞒在鼓心里呀！"

老通宝抖着嘴唇恨恨地说，闭了眼睛，仿佛他就看见那冤鬼"小长毛"。黄道士料不到老通宝会"古板"到这地步，当真在心里自悔"嘴快"了，况又听得老通宝谢他，就慌忙接口说：

"岂敢，岂敢，舍下还有点小事，再会，再会；保重，保重！"

像逃走似的，黄道士转身就跑，撇下老通宝一个人坐在那里痴想。太阳晒到他头面上了，——很有些威力的太阳，他也不觉得热，他只把从祖父到父亲口传下来的"长毛"故事，颠倒地乱想。他又想到自身亲眼见过的光绪初年间全县乡下人大规模的"闹漕",立刻几颗血淋淋的人头挂在他眼前了。他的一贯的推论于是就得到了:"造反有好处,'长毛'应该老早就得了天下,可不是么?"

现在他觉得自己一病以后,世界当真变了!而这一"变",在刚从小康的自耕农破产,并且幻想还是极强的他,想起来总是害怕!

二

到太阳落山的时候,老通宝的儿子阿四回家了。他并没借到钱,但居然带来了三斗米。

"吴老爷说没有钱,面孔很难看。可是他后来发了善心,赊给我三斗米。他那米店里囤着百几十担呢!怪不得乡下人没饭吃!今天我们赊了三斗,等到下半年田里收起来,我们就要还他五斗糙米!这还是天大的情面!有钱人总是越拌越多!"

阿四阴沉地说着,把那三斗米分装在两个甏里,就跑到屋子后边那半旧的猪棚跟前和老婆叽叽咕咕讲"私房话"。老通宝闷闷地望着猪棚边的儿子和儿媳,又望望那两口米甏,觉得今天阿四的神气也不对,那三斗米的来路也就有点不明不白。可是他不敢开口追问。刚才为了小儿子多多头的"不学好",老通宝和四大娘已经吵过架了。四大娘骂他"老糊涂",并且取笑他:

"好,好!你去告多多头连逆,你把他活埋了,人家老爷们就会赏赐你一只金元宝罢!"老通宝虽然拿出"祖传"的圣贤人的大道理——"人穷了也要有志气"这句话来,却是毫无用处。"志气"不能当饭吃,比南瓜还不如!但老通宝因这一番吵闹就更加心事重了。他知道儿子阿四尽管"忠厚正派",却是耳根太软,经不起老婆的怂恿。而现在,他们躲到猪棚边密谈了!老通宝恨得牙痒痒地,没有办法。他远远地望着阿四和四大娘,他的思想忽又落到那半旧的猪棚上。这是五六年前他亲手建造的一个很像样的猪棚,单买木料,也花了十来块钱呢;可是去年这猪棚就不曾用,今年大概又没有钱去买小猪;当初造这棚也曾请教过风水先生,真料不到如今这么"背时"!

老通宝的一肚子怨气就都呵在那猪棚上了。他抖簌簌地向阿四他们走去,一面走,一边叫道:

"阿四!前回听说小陈老爷要些旧木料。明天我们拆这猪棚卖给他罢!倒霉的东西,养不起猪,摆在这里干么!"

喳喳地密谈着的两个人都转过脸儿来了。薄暗中看见四大娘的脸异常兴奋,颧骨上一片红。她把嘴唇一披,就回答道:

"值得几个钱呢!这些脏木头,小陈老爷也不见得要!"

"他要的!我的老面子,我们和陈府上三代的来往,他怎么好说不要!"

老通宝吵架似的说，整个的"光荣的过去"忽又回到他眼前来了。和小陈老爷的祖父有过共患难的关系（长毛窝里一同逃出来），老通宝的祖父在陈府上是很有面子的；就是老通宝自己也还受到过分的优待，小陈老爷有时还叫他"通宝哥"呢！而这些特殊的遭遇，也就是老通宝的"驯良思想"的根基。

四大娘不再说什么，撅着嘴就走开了。

"阿四！到底多多头干些什么，你说！——打量我不知道么？等我断了气，这才不来管你们！"

老通宝看着四大娘走远了些，就突然转换话头，气吼吼地看着他的大儿子。

一只乌鸦停在屋脊上对老通宝父子俩哑哑地叫了几声。阿四随手拾起一块碎瓦片来赶走那乌鸦，又吐了口唾沫，摇着头，却不作声。他怎么说，而且说什么好呢？老子的话是这样的，老婆的话却又是一个样子，兄弟的话又是第三个样子。他这老实人，听听全有道理，却打不起主意。

"要杀头的呢！满门抄斩！我见过得多！"

"那——杀得完这许多么？"

阿四到底开口了，懦弱地反对着老子的意见。但当他看见老通宝两眼一瞪，额上青筋直爆，他就转口接着说道：

"不要紧！阿多去赶热闹罢哩！今天他们也没到镇

上去——"

"热你的昏！黄道士亲口告诉我，难道会错？"

老通宝咬着牙齿骂，心里断定了儿子媳妇跟多多头全是一伙了。

"当真没有。黄道士，丝瓜缠到豆蔓里！他们今天是到东路的杨家桥去。老太婆女人打头，男人就不过帮着摇船。多多头也是帮她们摇船！不瞒你！"

阿四被他老子追急了，也就顾不得老婆的叮嘱，说出了真情实事。然而他还藏着两句要紧话，不肯泄漏，一是帮着摇船的多多头在本村里实在是领袖，二是阿四他本人也和老婆商量过，要是今天借不到钱，量不到米，明天阿四也帮她们"摇船"去。

老通宝似信非信地钉住了阿四看，暂时没有话。

现在天色渐渐黑下来了，老通宝家的烟囱里开始冒白烟，小宝在前面屋子里唱山歌。四大娘的声音唤着："小宝的爷！"阿四赶快应了一声，便离开他老子和那猪棚；却又站住了，松一口气似的说道：

"眼前有这三斗米，十天八天总算是够吃了；晚上等多多头回来，就叫他不要再去帮她们摇船罢！"

"这猪棚也要拆的。摆在这里，风吹雨打，白糟塌坏了！拆下来到底也变得几个钱。"

老通宝又提到那猪棚，言外之意仿佛就是：还没有山穷水尽，何必干那些犯"王法"的事呢！接着他又用手指敲着那猪棚的木头，像一个老练的木匠考查那些木头的价值。然后，他也踱进屋子去了。

这时候，前面稻场上也响动了人声。村里"出去"的人们都回来了。小宝像一只小老鼠蹿了出去找他的叔叔多多头。四大娘慌慌忙忙的塞了一大把桑梗到灶里，也就赶到稻场上，打听"新闻"。灶上的锅盖此时也开始吹热汽，啵啵地。现在这热汽里是带着真实的米香了，老通宝嗅到了只是咽口水。他的肚子里也咕咕地叫了起来。但是他的脑子里却忙着想一点别的事情。他在计算怎样"教训"那野马似的多多头，并且怎样去准备那快就来到的"田里生活"。在这时候，在这村里，想到一个多月后的"田里生活"的，恐怕就只有老通宝他一个！

然而多多头并没回来。还有隔河对邻的陆福庆也没有回来。据说都留在杨家桥的农民家里过夜，打算明天再帮着"摇船"到鸭嘴滩，然后联合那三个村坊的农民一同到"镇上"去。这个消息，是陆福庆的妹子六宝告诉了四大娘的。全村坊的人也都兴奋地议论这件事。却没有人去告诉老通宝。大家都知道老通宝的脾气古怪。

"不回来倒干净！地痞胚子！我不认账这个儿子！"

吃晚饭的时候，老通宝似乎料到了几分似的，看着大儿子阿四的脸，这样骂起来了。阿四哑着嘴巴不开腔。四大娘朝老头子横了一眼，鼻子里似乎哼了一声。

这一晚上，老通宝睡不安稳。他一合上眼，就是梦，而且每一个梦又是很短，而且每一个梦完的时候，他总像被人家打了一棍似的在床上跳醒。他不敢再睡，可是他又倦得很，他的眼皮就像有千斤重。朦胧中他又听得阿四他们床上叽叽咕咕有些声音，他以为是阿四夫妇俩枕头边说体己话，但突然他浑身一跳，他听得阿四大声嚷道：

"阿多头，爹要活埋你呢！——咳，你这话怕不对么！老头子不懂时势！可是会不会弥天大罪都叫你一个人去顶，人家到头来一个一个都溜走？……"

这是梦话呀！老通宝听得清楚时，浑身汗毛直竖，眼睛也睁得大大的。他撑起上半身，叫了一声：

"阿四！"

没有回音。孙子小宝从梦中笑了起来。四大娘唇舌不清地骂了一句。接着是床板响，接着又是鼾声大震。

现在老通宝睡意全无，睁眼看着黑暗的虚空，满肚子的胡思乱想。他想到三十年前的"黄金时代"，家运日日兴隆的时候；但现在除了一叠旧账簿而外，他是什么也没剩。他又想起本年"蚕花"那样熟,却反而赔了一块桑地。他又想起自己家从祖父下来代代"正派",老陈老爷在世的时候是很称赞他们的,他自己也是从二十多岁起就死心塌地学着镇上老爷们的"好样子",——虽然捏锄头柄,他"志气"是有的,然而他现在落得个什么呢?天老爷没有眼睛!并且他最想不通的,是天老爷还给他阿多头这业种。难道隔开了五六十年,"小长毛"的冤魂还没转世投胎么?——于是突然间老通宝冷汗直淋,全身发抖。天哪!多多头的行径活像个"长毛"呢!而且,而且老通宝猛又记起四五年前闹着什么"打倒土豪劣绅"的时候,那多多头不是常把家里藏着的那把"长毛刀"拿出来玩么?"长毛刀!"这是老通宝的祖父从"长毛营盘"逃走的时候带出来的;而且也就是用这把刀杀了那巡路的"小长毛"!可是现在,那阿多头和这刀就像夙世有缘似的!

老通宝什么都想到了,而且愈想愈怕。只有一点,他没有想到,而且万万料不到;这就是正当他在这里咬牙切齿恨着阿多头的时候,那边杨家桥的二三十户农民正在阿多头和陆福庆的领导下,在黎明的浓雾中,向这里老通宝的村坊进发!而且这里全村坊的农民也在兴奋的期待中做了一夜热闹的梦,而此时梦回神清,正也打算起身来迎接杨家桥来的一伙人了!

鱼肚白从土壁的破洞里钻进来了。稻场上的麻雀噪也听得了。喔,喔,喔!全村坊里仅存的一只雄鸡——黄道士的心肝宝贝,也在那里啼了。喔喔……喔!这远远地传来的声音有点像是女人哭。

老通宝这时忽然又朦胧睡去;似梦非梦的,他看见那把"长毛刀"亮晶晶地在他面前晃。俄而那刀柄上多出一只手来了!顺着那手,又见了栗子肌肉的臂膊,又见了浓眉毛圆眼睛的一张脸了!正是那多多头!"呔!——"老通宝又怒又怕地喊了一声,从床上直跳起来,第一眼就看见屋子里全是亮光。四大娘已经在那里烧早粥,灶门前火焰活泼地跳跃。老通宝定一定神,爬下床来时,猛又听得外边稻场上人声像阵头风似的卷来了。接着,锽锽铿!是锣声。

"谁家火起么?"

老通宝一边问,一边就跑出去。可是到了稻场上,他就完全明白了。稻场上的情形正和他亲身经过的光绪初年间的"闹漕"一样。杨家桥的人,男男女女,老太婆小孩子全有,乌黑黑的一簇,在稻场上走过。"出来!一块儿去!"他们这样乱哄哄地喊着。而且多多头也在内!而且是他敲锣!而且他猛的抢前一步,跳到老通宝身前来了!老通宝脸全红了,眼里冒出火来,劈面就骂道:

"畜生!杀头胚!……"

"杀头是一个死,没有饭吃也是一个死!去罢!阿四呢?还有阿嫂?一伙儿全去!"

多多头笑嘻嘻地回答。老通宝也没听清,抡起拳头就打。阿四却从旁边钻出来,拦在老子和兄弟中间,慌慌忙忙叫道:

"阿多弟!你听我说。你也不要去了。昨天赊到三斗米。家里有饭吃了!"

多多头的浓眉毛一跳,脸色略变,还没出声,突然从他背后跳出一个人来,正是那陆福庆,一手推开了阿四,哈哈笑着大叫道:

"你家里有三斗米么?好呀!杨家桥的人都没吃早粥,大家来罢!"

什么?"吃"到他家来了么?阿四简直不能相信自己的耳朵。可是杨家桥的人发一声喊,已经拥上来,已经闯进阿四家里去了。老通宝就同心头割去了块肉似的,狂喊一声,忽然眼前乌黑,腿发软,就蹲在地下。阿四像疯狗似的扑到陆福庆身上,夹脖子乱咬,带哭的声音哼哼唧唧骂着。陆福庆一面招架,一面急口喝道:

"你发昏么?算什么!——阿四哥!听我讲明白!呔!阿多!你看!"

突然阿四放开陆福庆,转身揪住了多多头,一边打,一边哭，一边嚷：

"毒蛇也不吃窝边草！你引人来吃自家了！你引人来吃自家了！"

阿多被他哥哥抱住了头，只能荷荷地哼。陆福庆想扭开他们也不成功。老通宝坐在地上大骂。幸而来了陆福庆的妹子六宝，这才帮着拉开了阿四。

"你有门路，赊得到米，别人家没有门路，可怎么办呢？你有米吃，就不去，人少了，事情弄不起来，怎么办呢？——嘿嘿！不是白吃你的！你也到镇上去，也可以分到米呀！"

多多头喘着气，对他的哥哥说。阿四这时像一尊木偶似的蹲在地下出神。陆福庆一手捻着颈脖上的咬伤，一手拍着阿四的肩膀，也说道：

"大家讲定了的：东村坊上谁有米，就先吃谁，吃光了同到镇上去！阿四哥！怪不得我！大家讲定了的！"

"长毛也不是这样不讲理的，没有这样蛮！"

老通宝到底也弄明白那是怎么一回事，就轻声儿骂着，却不敢看着他们的脸骂，只把眼睛望住了地下。同时他心里想道：好哇！到镇上去！到镇上去吃点苦头，这才叫做现世报，老天爷有眼！那时候，你们才知道老头子的一把年纪不是活在狗身上罢！

这时候，杨家桥的人也从老通宝家里回出来了，嚷嚷闹闹的

捧着那两个米甏。四大娘披散着头发,追在米甏后面,一边哭,一边叫:

"我们自家吃的!自家吃的!你们连自家吃的都要抢么?强盗!杀胚!"

谁也不去理她。杨家桥的人把两个米甏放在稻场中央,就又敲起锣来。六宝下死劲把四大娘拉开,吵架似的大声喊着,想叫四大娘明白过来:

"有饭大家吃!你懂么?有饭大家吃!谁叫你磕头叫饶去赊米来呀?你有地方赊,别人家没有呀!别人都饿死,就让你一家活么?嘘,嘘!号天号地哭,像死了老公呀!大家吃了你的,回头大家还是帮你要回来!哭什么呀!"

蹲在那里像一尊木偶的阿四这时忽然叹一口气,跑到他老婆身边,好像劝慰又好像抱怨似的说道:

"都是你出的主意!现在落得一场空!有什么法子?跟他们一伙儿去罢!天坍压大家!"

不知道从哪里弄来的两口大锅子,已经摆在稻场上了。东村坊的人和杨家桥的人合在一伙,忙着淘米烧粥,清早的浓雾已散,金黄的太阳光斜射在稻场上,晒得那些菜色的人脸儿都有点红喷喷了。在那小河的东端,水深而且河面阔的地点,人家摆开五六条赤膊船,船上人兴高采烈地唱着山歌。就是这些船要载两个村庄的人向镇上去的!

老通宝蹲在地上不出声,用毒眼望住那伙人嚷嚷闹闹地吃了粥,又嚷嚷闹闹地上船开走。他像做梦似的望着望着,他望见使劲摇船的阿多头,也望见哭丧脸的阿四和四大娘——现在她和六宝谈得很投契似的;他又望见那小宝站在船梢上,站在阿多头旁边,学着摇船的姿势。

然后,像梦里醒过来似的,老通宝猛跳起身,沿着那小河滩,从东头跑到西头。为什么要这样跑,他自己也不大明白;他只觉得心口里有一团东西塞住,非要找一个人谈一下不可而已。但是全村坊静悄悄地没有人影,连小孩子也没有。

终于当他沿着河滩从西头又跑到东头的时候,他看见隔河也有一个人发疯似的迎面跑来。最初他看不清那人的面孔,——那人头上包着一块白布。但在那四根木头的小桥边,他看明白那人正是黄道士的时候,他就觉得心口一松,猛喊道:

"长毛也不是那么不讲理!记住!老子一把年纪不是活在狗身上的!到镇上去吃苦头!他们这伙杀胚!"

黄道士也站住了。好像不认识老通宝似的,这黄道士端详了半晌,这才带着哭声说:

"岂有此理,岂有此理!我告诉你,我的老雄鸡也被他们吃了,岂有此理!"

"杀胚——你说一只老雄鸡么?算什么!人也要杀呢!杀,杀,杀胚!"

老通宝一边嚷,一边就跑回家去。

当天晚上全村坊的人都安然回来,而且每人带了五升米。这使得老通宝十分惊奇。他觉得镇上的老爷们也不像"老爷"了;怎么看见三个村坊一百多乡下人闹到镇里来,就怕得什么似的赶快"讲好",派给每人半斗米?而且因为他们"老爷"太乏,竟连他老通宝的一把年纪也活到狗身上去!当真这世界变了,变到他想来想去想不通,而多多头他们耀武扬威!

三

现在"抢米囤"的风潮到处勃发了。周围二百里内的十多个小乡镇上,几乎天天有饥饿的农民"聚众滋扰"。那些乡镇上的绅士们觉得农民太不识趣,就把慈悲面孔撩开,打算"维持秩序"了。于是县公署,区公所,乃至镇商会,都发了堂皇的六言告示,晓谕四乡:不准抢米囤,吃大户,有话好好儿商量。同时地方上的"公正"绅士又出面请当商和米商顾念"农艰",请他们亏些"血本",开个方便之门,渡过眼前那恐慌。

可是绅士们和商人们还没议定那"方便之门"应该怎么一个开法,农民的肚子已经饿得不耐烦了。六言告示没有用,从图董变化来的村长的劝告也没有用,"抢米囤"的行动继续扩大,而且不复是百来人,而是五六百,上千了!而且不复限于就近的乡镇,却是用了"远征军"的形式,向城市里来了!

离开老通宝的村坊约有六十多里远的一个繁盛的市镇上就发生了饥饿的农民和军警的冲突。军警开了"朝天枪"。农民被捕了几十。第二天,这市镇就在数千愤怒农民的包围中和邻近各镇失了联络。

这被围的市镇不得不首先开了那"方便之门"。这是简单的三条:农民可以向米店赊米,到秋收的时候,一石还一石;当铺里来一次免息放赎;镇上的商会筹措一百五十担米交给村长去分俵。绅商们很明白目前这时期只能坚守那"大事化为小事"的政策,而且一百五十担米的损失又可以分摊到全镇的居民身上。

同时,省政府的保安队也开到交通枢纽的乡镇上保护治安了。保安队与"方便之门"双管齐下,居然那"抢米囤"的风潮渐渐平下去;这时已经是阴历六月底,农事也迫近到眉毛梢了。

老通宝一家总算仰仗那风潮,这一晌来天天是一顿饭,两顿粥,而且除了风潮前阿四赊来的三斗米是冤枉债而外,竟也没有添上什么新债。但是现在又要种田了,阿四和四大娘觉得那就是强迫他们把债台再增高。

老通宝看见儿子媳妇那样懒懒地不起劲,就更加暴躁。虽则一个多月来他的"威望"很受损伤，但现在是又要"种田"而不是"抢米"，老通宝便像乱世后的前朝遗老似的，自命为重整残局的识途老马。他朝朝暮暮在阿四和四大娘跟前唠唠不休地讲着田里的事，讲他自己少壮的时候怎样勤奋，讲他自己的老子怎样永不灰心地做着，做着，终于创立了那份家当。每逢他到田里去了一趟回来，就大声喊道：

"明天，后天，一定要分秧了！阿四，你鬼迷了么？还不打算打算肥料？"

"上年还剩下一包肥田粉在这里呀！"

阿四有气无力地回答。突然老通宝跳了起来，恶狠狠地看定了他的儿子说：

"什么肥田粉！毒药！洋鬼子害人的毒药！我就知道祖宗传下来的豆饼好！豆饼力道长！肥田粉吊过了壮气，那田还能用么？今年一定要用豆饼了！"

"哪来的钱去买一张饼呢？就是剩下来那包粉，人家也说隔年货会走掉了力，总是搀一半新的；可是买粉的钱也没有法子想呀！"

"放屁！照你说，就不用种田了！不种田，吃什么，用什么，拿什么来还债？"

老通宝跳着脚咆哮，手指头戳到阿四的脸上。阿四苦着脸叹气。他知道老子的话不错，他们只有在田里打算半年的衣食，甚至还债；可是近年来的经验又使他知道借了债来做本钱种田，简直是替债主做牛马，——牛马至少还能吃饱，他一家却是吃不饱。"还种什么田！白忙！"——四大娘也时常这么说。他们夫妇俩早就觉得多多头所谓"乡下人欠了债就算一世完了"这句话真不错，然而除了种田有别的活路么？因此他们夫妇俩最近的决议也不过是：决不为了种田要本钱而再借债。

看见儿子总是不作声，老通宝赌气，说是"不再管他们的账"了。当天下午他就跑到镇里，把儿子的"败家相"告诉了亲家张老头儿，又告诉了小陈老爷；两位都劝老通宝看破些，"儿孙自有儿孙福"。那一天，老通宝就住在镇上过夜。可是第二天一清早，小陈老爷刚刚抽足了鸦片打算睡觉，老通宝突然来借钱了。数目不多，一张豆饼的代价。一心想睡觉的小陈老爷再三推托不开，只好答应出面到豆饼行去赊。

豆饼拿到手后，老通宝就回家，一路上有说有笑。到家后他把那饼放在廊檐下，却板起了脸孔对儿子媳妇说：

"死了才不来管你们呀！什么债，你们不要多问，你们只管替我做！"

春蚕时期的幻想，现在又在老通宝的倔强的头脑里蓬勃发长，正和田里那些秧一样。天天是金黄色的好太阳，微微的风，那些秧就同有人在那里拔似的长得非常快。河里的水却也飞快地往下缩。水车也拿出来摆在埭头了。阿四一个人忙不过来。老通宝也上去踏了十多转就觉得腰酸腿重气喘。"哎！"叹了一声，他只好爬下来，让四大娘上去接班。

稻发疯似的长起来，也发疯似的要水喝。每天的太阳却又像火龙似的把河里的水一寸一寸地喝干。村坊里到处嚷着"水车上要人"，到处拉人帮忙踏一班。荷花家今年只种了些杂粮，她和她那不声不响的可怜相的丈夫是比较空闲的，人们也就忘记了荷花是"白虎星"，三处四处拉他们夫妇俩走到车上替一班。陆福庆今年退了租，也是空身子，他们兄妹俩就常常来帮老通宝家。只有那多多头，因为老通宝死不要见他，村里很少来；有时来了，只去帮别人家的忙。

每天早上人们起来看见天像一块青石板似的晴朗，就都皱了眉头。偶尔薄暮时分天空有几片白云，全村的人都欢呼起来。老太婆眯着老花眼望着天空念佛。但是一次一次只是空高兴。扣到一个足月，也没下过一滴雨呀！

老通宝家的田因为地段高，特别困难。好容易从那干涸的河里车起了浑浊的泥水来，经过那六七丈远的沟，便被那燥渴的泥土截收了一半。田里那些壮健的稻梗就同患了贫血症似的一天一天见得黄萎了。老通宝看着心疼，急得搓手跺脚没有办法。阿四哭丧着脸不开口。四大娘冷一句热一句抱怨；咬定了今年的收成是没有巴望的了，白费了人工，而且多欠出一张豆饼的债！

"只要有水，今年的收成怕不是上好的！"

老通宝听到不耐烦的时候，软软地这样回答。四大娘立刻叫了起来：

"呀！水，水！这点子水，就好比我们的血呀！一古脑儿只有我和阿四，再搭上陆家哥哥妹妹俩算一个，三个人能有多少血？磨了这个把月，也干了呀！多多头是一个主力，你又不要他来！呀——呀——"

"当真叫多多头来罢！他比得上一条牛！"

阿四也抢着说，对老婆努了一下嘴巴。

老通宝不作声，吐了一口唾沫。

第二天，多多头就笑嘻嘻地来帮着踏车了。可是已经太迟。河水干到只剩河中心的一泓，阿四他们接了三道戽，这才觳得到水头，然而半天以后就不行了，任凭多多头力大如牛，也车不起水来。靠西边，离开他们那水车地位四五丈远，水就深些，多多头站在那里没到腰。可是那边没有埂头，没法排水车。如果晚上老天不下雨，老通宝家的稻就此完了。

不单是老通宝家，村里谁家的田不是三五天内就要干裂的像龟甲呀！人们爬到高树上向四下里张望。青石板似的一个天，简直没有半点云彩。

唯一的办法是到镇上去租一架"洋水车"来救急。老通宝一听到"洋"字，就有点不高兴。况且他也不大相信那洋水车会有那么大的法力。去年发大水的时候，邻村的农民租用过那洋水车。老通宝虽未目睹，却曾听得那爱管闲事的黄道士啧啧称羡。但那是"踏大水车"呀，如今却要从半里路外吸水过来，怕不灵罢？正在这样怀疑着的老通宝还没开口，四大娘却先愤愤地叫了起来：

"洋水车倒好，可是租钱呢？没有钱呀！听说踏满一爿田就要一块多钱！"

"天老爷显灵。今晚上落一场雨，就好了！"

老通宝也决定了主意了。他急急忙忙跑到村外小桥头那座简陋不堪的"财神堂"前磕了许多响头，许了大大的愿心。

这一夜，因为无水可车，阿四他们倒呼呼地睡了一个饱。老通宝整夜没有合眼。听见有什么簌簌的响声，便以为是在下雨了，他就一骨碌爬起来，到廊檐口望着天。并没有雨，但也没有星，天是一张灰色的脸。老通宝在失望之下还有点希望，于是又跪在地下祷告。到他第三次这样爬起床来探望的时候，东方已经发白，他就跑到田里去看他那宝贝的稻。夜来露水是有的，稻比白天的骄阳下稍稍显得青健。但是田里的泥土已经干裂，有几处简直把手指头压上去不觉得软。老通宝心跳得卜卜地响。他知道过一会儿来了太阳光一照,这些稻准定是没命的,他一家也就没命了。

他回到自家门前的稻场上。一轮血红的太阳正在东方天边探出头来。稻场前那差不多干到底的小河长满了一身的野草。本村坊的人又利用那河滩种了些玉蜀黍,现在都像人那样高了。五六个人站在那玉蜀黍旁边吵架似的嚷着。老通宝惘然走过去,也站在那伙人旁边。他们都是村里人,正在商量大家打伙儿去租用镇上那条"洋水车"。他们中间一个叫做李老虎的说:

"要租,就得赶快!洋水车天天有生意。昨晚上说是今天还没定出,你去迟了就扑一个空,那不是糟糕?老通宝,你也来一股罢?"

老通宝瞪着眼发怔,好像没有听明白。有两个念头填满了他的心,使他说不出话来;一个是怕的"洋水车"也未必灵,又一个是没有钱。而且他打算等别人用过了洋水车,当真灵,然后他再来试一下。钱呢,也许可以欠几天。

这天上午,老通宝和阿四他们就像守着一个没有希望的病人似的在圩头下埂头上来来回回打磨旋。稻是一刻比一刻"不像"了,最初垂着头,后来就折腰,田里的泥土喷喷地发出燥裂的叹息。河里已经无水可车,村坊里的人全都闲着。有几个站在村外的小桥上，焦灼地望着那还没见来的医稻的郎中，——那洋水车！

正午时分，毒太阳就同火烫一般，那些守在小桥上的人忽然发一声喊：来了！一条小船上装着一副机器，——那就是洋水车！看去并没什么出奇的地方，然而这东西据说抽起水来就比七八个壮健男人还厉害。全村坊的人全出来观看了。老通宝和他的儿子也在内。他们看见那装着机器的船并不拢岸，就那么着泊在河心，却把几丈长臂膊粗的发亮的软管子拖到岸上，又搁在田横埂头。

"水就从这管口里出来，灌到田里！"

管理那软管子的镇上人很卖弄似的对旁边的乡下人说。

突然，那船上的机器发喘似的叫起来。接着，咕的一声，第一口水从软管子口里吐出来了，于是就汩汩汩地直泻，一点也不为难。村里人看着，嚷着，笑着，忘记了这水是要花钱的。

老通宝站得略远些，瞪出了眼睛，注意地看着。他以为船上那突突地响着的家伙里一定躲着什么妖怪，——也许就是镇上土地庙前那池潭里的泥鳅精，而水就是泥鳅精吐的涎沫，而且说不定到晚上这泥鳅精又会悄悄地来把它此刻所吐的涎沫收回去，于是明天镇上人再来骗钱。

但是这一切的狐疑始终敌不住那绿汪汪的水的诱惑。当那洋水车灌好了第二爿田的时候，老通宝决定主意请教这"泥鳅精"，而且决定主意夜里拿着锄头守在田里，防那泥鳅精来偷回它的唾沫。

他也不和儿子媳妇商量，径拉了黄道士和李老虎做保人，担保了二分月息的八块钱，就取得船上人的同意，也叫那软管子到他田里放水去了。

太阳落山的时候，老通宝的田里平铺着一寸深的油绿绿的水，微风吹着，水皱的像老太婆的脸。老通宝看着很快活，也不理四大娘的唠唠叨叨聒着"又是八块钱的债"！八块钱诚然不是小事，但收起来不是可以卖十块钱一担么？去年糙米也还卖到十一块半呀！一切的幻想又在老通宝心里复活起来了。

阿四仍然摆着一张哭丧脸，呆呆地对田里发怔。水是有了，那些稻依然垂头弯腰，没有活态。水来得太迟，这些娇嫩的稻已经被太阳晒脱了力。

"今晚上用一点肥田粉，明后天就会好起来。"

忽然多多头的声音在阿四耳边响。阿四心就一跳。可不是，还有一包肥田粉，没有用过呀！现在是用当其时了。吊完了地里的壮气么？管他的！但是猛不防老通宝在那边也听得多多头那句话，这老头子就像疯老虎似的扑过来喊道：

"毒药！小长毛的冤鬼，杀胚！你要下毒药么？"

大家劝着，把老通宝拉开。肥田粉的事，就此不提了。老通宝余怒未息地对阿四说：

"你看！过一夜，就会好的！什么肥田粉，毒药！"

于是既怕那泥鳅精来收回唾液，又怕阿四他们偷偷地去下肥田粉，这一夜里，老通宝抵死也要在田塍上看守了。他不肯轻易传授他的"独得之秘"，他不说是防着泥鳅精，只说恐怕多多头串通了阿四还要来胡闹。他那顽固是有名的。

一夜平安过去了，泥鳅精并没来收回它的水，阿四和多多头也没胡闹。可是那稻照旧奄奄无生气，而且有几处比昨天更坏。老通宝疑惑是泥鳅精的唾液到底不行，然而别人家田里的稻都很青健。四大娘噪得满天红，说是"老糊涂断送了一家的性命"。老通宝急得脸上泛成猪肝色。陆福庆劝他用肥田粉试试看，或者还中用，老通宝呆瞪着眼睛只不作声。那边阿四和多多头早已拿出肥田粉来撒布了。老通宝别转脸去不愿意看。

以后接连两天居然没有那烫得皮肤上起泡的毒太阳。田里水还有半寸光景。稻又生青壮健起来了。老通宝还是不肯承认肥田粉的效力，但也不再说是毒药了。阴天以后又是萧索索的小雨。雨过后有微温的太阳光。稻更长得有精神了，全村坊的人都松一口气，现在有命了：天老爷还是生眼睛的！

接着是凉爽的秋风来了。四十多天的亢旱酷热已成为过去的噩梦。村坊里的人全有喜色。经验告诉他们这收成不会坏。"年纪不是活在狗身上"的老通宝更断言着"有四担米的收成",是一个大熟年!有时他小心地抚着那重甸甸下垂的稻穗,便幻想到也许竟有五担的收成,而且粒粒谷都是那么壮实!

同时他的心里便打着算盘:少些说,是四担半罢,他总共可以收这么四十担;完了八八六担四的租米,也剩三十来担;十块钱一担,也有三百元,那不是他的债清了一大半?他觉得十块钱一担是最低的价格!

只要一次好收成,乡下人就可以翻身,天老爷到底是生眼睛的!

但是镇上的商人却也生着眼睛,他们的眼睛就只看见自己的利益,就只看见铜钱,稻还没有收割,镇上的米价就跌了!到乡下人收获他们几个月辛苦的生产,把那粒粒壮实的谷打落到稻箪里的时候,镇上的米价飞快地跌到六元一石!再到乡下人不怕眼睛盲地砻谷的时候,镇上的米价跌到一担糙米只值四元!最后,乡下人挑了糙米上市,就是三元一担也不容易出脱!米店的老板冷冷地看着哭丧着脸的乡下人,爱理不理似的冷冷地说:

"这还是今天的盘子呀!明天还要跌!"

然而讨债的人却川流不绝地在村坊里跑,汹汹然嚷着骂着。请他们收米罢?好的!糙米两元九角,白米三元六角!

老通宝的幻想的肥皂泡整个儿爆破了！全村坊的农民哭着，嚷着，骂着。"还种什么田！白辛苦了一阵子，还欠债！"——四大娘发疯似的见到人就说这一句话。

春蚕的惨痛经验作成了老通宝一场大病，现在这秋收的惨痛经验便送了他一条命。当他断气的时候，舌头已经僵硬不能说话，眼睛却还是明朗朗的；他的眼睛看着多多头似乎说："真想不到你是对的！真奇怪！"

1933年1月

（原载1933年4月15日、5月15日《申报月刊》第2卷第4、5期）

残　冬

一

连刮了几阵西北风，村里的树枝都变成光胳膊。小河边的衰草也由金黄转成灰黄，有几处焦黑的一大块，那是顽童放的野火。

太阳好的日子，偶然也有一只瘦狗躺在稻场上；偶然也有一两个村里人，还穿着破夹袄，拱起了肩头，蹲在太阳底下捉虱子。要是阴天，西北风吹那些树枝叉叉地响，彤云像快马似的跑过天空，稻场上就没有活东西的影踪了。全个村庄就同死了的一样。全个村庄，一望只是死样的灰白。

只有村北那个张家坟园独自葱茏翠绿，这是镇上张财主的祖坟，松柏又多又大。

这又是村里人的克星。因为偶尔那坟上的松树少了一棵——有些客籍人常到各处坟园去偷树，张财主就要村里人赔偿。

这一天，太阳光是淡黄的，西北风吹那些枯枝苏苏地响，然而稻场上破例有了人了。

被人家叫做"白虎星"的荷花指手划脚地嚷道：

"刚才我去看了来，可不是，一棵！地下的木屑还是香喷喷的。这伙贼，一定是今天早上。嘿，还是这么大的一棵！"

说着，就用手比着那松树的大小。

听的人都皱了眉头叹气。

"赶快去通知张财主——"

有人轻声说了这么半句，就被旁人截住；那些人齐声喊道：

"赶紧通知他，那老剥皮就饶过我们么？哼！"

"捱得一天是一天！等到老剥皮晓得了，那时再碰运气。"

过了一会儿，荷花的丈夫根生出了这个主意，却不料荷花第一个就反对：

"碰什么运气呢？那时就有钱赔他么？有钱，也不该我们来赔！我们又没吃张剥皮的饭，用张剥皮的钱，干么要我们管他坟上的树？"

"他不同你讲理呀！去年李老虎出头跟他骂了几句，他就叫了警察来捉老虎去坐牢。"

阿四也插嘴说。

"害人的贼！"

四大娘带着哭声骂了一句，心里却也赞成李根生的主意。

于是大家都骂那伙偷树贼来出气了。他们都断定是邻近那班种"荡田"的客籍人。只有"弯舌头"才下得这般"辣手"。因为那伙"弯舌头"也吃过张剥皮的亏，今番偷树，是报仇。可是却害了别人哩！就有人主张到那边的"茅草棚"里"起赃"。

没有开过口的多多头再也忍不住了；好像跟谁吵架似的，他叫道：

"起赃么？倒是好主意！你又不是张剥皮的灰子灰孙，倒要你瞎起劲？"

"噢，噢，噢！你——半路里杀出个程咬金，你不偷树好了，干么要你着急呢？"

主张去"起赃"的赵阿大也不肯让步。李根生拉开了多多头，好像安慰他似的乱嘈嘈地说道：

"说说罢了，谁去起赃呢！吵什么嘴！"

"不是这么说的！人家偷了树，并不是存心来害我们。回头我们要吃张剥皮的亏，那是张剥皮该死！干么倒去帮他捉人搜赃？人家和我并没有交情，可是——"

多多头一面分辩着，一面早被他哥哥拉进屋里去了。

"该死的张剥皮！"

大家也这么恨恨地说了一句。几个男人就走开了，稻场上就剩下荷花和四大娘，呆呆地望着那边一团翠绿的张家坟。忽然像是揭去了一层幔,眼前一亮,淡黄色的太阳光变做金黄了。风也停止。这两个女人仰脸朝天松一口气,便不约而同的蹲了下去,享受那温暖的太阳。

荷花在镇上做过丫头,知道张财主的细底,悄悄地对四大娘说道:

"张剥皮自己才是贼呢!他坐地分赃。"

"哦!——"

"贩私盐的,贩鸦片的,他全有来往!去年不是到了一伙偷牛贼么?专偷客民的牛,也偷到镇上的粉坊里;张剥皮他——就是窝家!"

"难道官府不晓得么?"

"哦!局长么?局长自己也通强盗!"

荷花说时挤着眼睛把嘴唇皮一披,鼻子里轻轻哼了一声。近来这荷花瘦得多了,皮色是白里泛青,一张大嘴更加显得和她的细眼睛不相称。

四大娘摇着头叹一口气,忽然站起来发恨地说:

"怪道多多头老是说规规矩矩做人就活不了命呀!——"

"不错,世界要反乱了!"

"小宝的阿爹也说长毛要来呢!听说还有女长毛。你知道我们家里有一把长毛刀。……可是,我的爸爸说,真命天子还没出世。"

"呸！出世不出世，他倒晓得么？玉皇大帝告诉他的么？上月里西方天边有一个星红暴暴的，酒盅那么大，生八只角，这就是真命天子的本命星呀！八只角就是下凡八年了，还说没出世，——"

"那是反王！我的老头子说是反王！你懂得什么！白虎星！"

"咦，咦，咦！"

荷花跳了起来，细眼睛眯紧了，怒气冲冲地瞅着四大娘。

这两个女人恶狠狠地对看了一会儿，旧怨仇便乘机发作；四大娘向来看不起荷花，说她"丫头出身，轻骨头，臭花娘子①"。荷花呢，因为也不是"好惹的"，曾经使暗计，想冲克四大娘的蚕花。两人总有半年多工夫见面不打招呼。直到新近四大娘的公公老通宝死了，这贴邻的两个女人方才又像是邻舍了。现在却又为了一点不相干的事，争吵起来，各人都觉得自己不错。

末了，四大娘用劲地啐了一声，朝地下吐一口唾沫，正打算"小事化为无事"，抽身走开了。但是荷花的脾气宁愿挨一顿

---

① 乡间的一种草，有富于粘性的黑色小粒甚多，微臭，粘着在衣服上后，拂之不去，俗名"臭花娘子"。这名儿骂女人，就等于上海话的"烂污货"。

打，却受不住这样"文明式"的无言的侮辱；她跳前一步，怪声嚷道：

"骂了人家一句就想溜的，不是好货！"

"你是贱货！白虎星！"

四大娘也回骂，仍旧走。但是她并不回家，却走到小河那边去。荷花看见挑不起四大娘的火性，便觉得很寂寞；她是爱"热闹"的，即使是吵架的热闹，即使吵架的结果是她吃亏，——她被打了，她也不后悔。她觉得打架吃亏总比没有人理睬她好些。她最恨的是人家不把她当一个"人"！她做丫头的时候，主人当她是一件东西，主人当她是没有灵性的东西，比猫狗都不如，然而荷花自己知道自己是有灵性的。她之所以痛恨她那旧主人，这也是一个原因。

从丫头变做李根生老婆的当儿，荷花很高兴。为的她从此可以当个人了。然而不幸，她嫁来半个月后，根生就患了一场大病，接着是瘟羊瘟鸡；于是她就得了个恶名：白虎星！她在村里又不是"人"了！但也因为到底是在乡村，——荷花就发明了反抗的法子。她找机会和同村的女人吵嘴，和同村的单身男人胡调。只在吵架与胡调时，她感觉到几分"我也是一个人"的味儿。

春蚕以后大家没有饭吃，乱轰轰地抢米店吃大户的时候，荷花的"人"的资格大见增进。也好久没有听得她那最痛心的诨名：白虎星。她自己呢，也"规矩"些了。但是现在四大娘又挑起了那旧疮疤，并且摆出了不屑跟荷花吵嘴的神气。

看着四大娘走向小河边去的背影，荷花咬着牙齿，心里的悲痛比挨打还厉害些。

西北风忽然转劲了。荷花听去，那风也在骂她：虎，虎，虎！

走到了小河边的四大娘也蓦地站住，回头来望了荷花一眼又赶快转过脸去，吐了一口唾沫。这好比火上添油！荷花怒喊一声，就向四大娘奔去。但是刚跑了两步，荷花脚下猛的一绊，就扑地一交，跌得两眼发昏。

"哈，哈，哈！白虎星！"

四大娘站得远远地笑骂。同时小河对面的稻场上也跑来了一个女子，也拍着手笑。她叫做六宝，也是荷花的对头。

"呃，呃，有本事的不要逃走！"

荷花坐在地上，仰起了她的扁脸孔，一边喘气，一边恨恨地叫骂。她这一交跌得不轻，尾尻骨上就像火烧似的发痛；可是她忘记了痛，她一心想着怎样出这口恶气。对方是两个人了，骂呢，六宝的一张嘴，村里有名，那么打架罢，她们是两个！荷花一边爬起来，一边心里踌躇。刚好这时候有人从东边走来，荷花一眼瞥见，就改换了主意。

二

来人就是黄道士。自从老通宝死后，这黄道士便少了一个谈天说地的对手，村里的年青人也不大理睬他；大家忘记了村里还有他这"怪东西"。本来他也是种田的，甲子年上被军队拉去挑子弹，去的时候田里刚在分秧，回来时已经腊尽，总算赶到家吃了年夜饭，他的老婆就死了；从此剩下他一个光身子，爽性卖了他那两亩多田，只留下一小条的"埂头"种些菜蔬挑到镇上去卖，倒也一年一年混得过。有时接连四五天村里不见他这个人。到镇上去赶市回来的，就说黄道士又把卖菜的钱都喝了酒，白天红着脸坐在文昌阁下的测字摊头听那个测字老姜讲"新闻"，晚上睡在东岳庙的供桌底下。

这样在镇上混得久了，黄道士在村里就成为"怪东西"。他嘴里常有些镇上人的"口头禅"，又像是念经，又像是背书，村里人听不懂，也不愿听。

最近，卖菜的钱不够吃饱肚子，黄道士也戒酒了。他偶然到镇上去，至多半天就回来。回来后就蹲在小河边的树根上，瞪大了眼睛。要是有人走过他跟前，朝他看了一眼，他就跳起来拉住了那人喊道："世界要反乱了！东北方——东北方出了真命天子！"于是他就唠唠叨叨说了许多人家听不懂的话，直到人家吐了一口唾沫逃走。

但在西北风扫过了这村庄以后，小河边的树根上也不见有瞪大了眼睛蹲着的黄道士。他躲在他那破屋子里，悉悉苏苏地不知道干些什么。有人在那扇破板门外偷偷地看过，说是这"怪东西"在那里拜四方，屋子里供着三个小小的草人儿。

村里的年青人都说黄道士着了"鬼迷"，可是老婆子和小孩子却就赶着黄道士问他那三个草人儿是什么神。后来村里的年青女人也要追问根底了。黄道士的回答却总是躲躲闪闪的，并且把他板门上的破缝儿都糊了纸。

然而黄道士只不肯讲他的三个草人罢了，别的浑话是很多的。荷花所说的什么"出角红星"就是拾了黄道士的牙慧。所以现在看见黄道士瞪大着眼睛走了来，荷花便赶快迎上去。她想拉这黄道士做帮手，对付那四大娘和六宝。

"喂，喂，黄道士，你看！四大娘说那颗红星是反王啦！真是热昏！"

荷花大声嚷着，就转脸朝那两个女人狂笑。可是刚才忘记了尾尻骨疼痛却忽然感到了，立刻笑脸变成了哭脸，双手捧住了屁股。

黄道士的眼睛瞪得更大，看看六宝她们，又看看荷花，然后摇着头，念咒似的说：

"托塔李天王，哪吒三太子，二郎神，嘿，二郎神是玉皇大帝的外孙！……啊，四大娘，真命天子出世了，远在天边，近在眼前！喏！南京脚下有一座山，山边有一个开豆腐店的老头子，天天起五更磨豆腐，喏！天天，笃笃笃！有人敲店板，问那老头子：'天亮了没有哪？天亮了没有哪？'哈哈，自然天没亮呵，老头子就回答'没有！'他不知道这问的人就是真命天子！"

"要是回答他'天亮了'就怎样？"

走近来的六宝抢着说，眼睛钉住了黄道士的面孔。

"说是'天亮了'么？那就，那就——"

黄道士皱了眉头，一连说了几个"那就"，又眯细了眼睛看天，很神秘地摇着头。

"那就是我们穷人翻身！"

荷花等得不耐烦，就冲着六宝的脸大声叫喊，同时又忘记了屁股痛。

"嗳，可不是！总有点好处落到我们头上呢！比方说，三年不用完租。"

黄道士松一口气，心里感激着荷花。

但是六宝这大姑娘粗中有细，一定要根究，倘是回答了"天亮"就怎样。她不理荷花，只逼着黄道士，四大娘却在旁边呆着脸嗫嚅地自语道：

"豆腐店的老头子早点回答'天亮了'，多么好呢！"

"哪里成？哪里成！他不能犯天条，天机不可泄漏！——呀，回答了'天亮'就怎样么？咳，咳，六宝，那就，天兵天将下来，帮着真命天子打天下！"

"哦！"

六宝还是不很满意黄道士的回答，但也不再追问，只扁起了嘴唇摇头。

忽然荷花哈哈地笑了。她看见六宝那扁着嘴的神气，就想要替六宝起一个诨名。

"豆腐店的老头子也是星宿下凡的罢？喂，喂，黄道士，你怎么知道那敲门问'天亮'的就是真命天子？他是个什么样儿？"

四大娘又轻声问。

黄道士似乎不耐烦了，就冷笑着回答道：

"我怎么会知道呀？我自然会知道。豆腐店老头子么？总该有点来历。笃笃笃，天天这么敲着他的店板。懂么？敲他的店板，不敲别人家的！'天亮了没有？天亮了没有？'天天是问这一句！老头子就听得声音，并没见过面。他敢去偷看么？不行！犯了天条，雷打！不过那一定是真命天子！"

说到最后一句，黄道士板着脸，又瞪大了眼睛，那神气很可怕。听的人都觉得毛骨悚然，就好像听得那笃笃的叩门声。

西北风扑面吹来，那四个人都冷的发抖。六宝抹下一把鼻涕，擦着眼睛，忽又问道：

"你那三个草人呢？"

"那也有道理。——有道理的！"

黄道士眨起了眼白，很卖弄似地回答。随即他举起左手，伸出一个中指，向北方天空连指了几下，他的脸色更严重了。三个女人的眼光也跟着黄道士的中指一齐看着那天空的北方。四大娘觉得黄道士的瘦黑指头就像在空中戳住了什么似的，她的心有点跳。

"哪一方出真命天子，哪一方就有血光！懂么？血光！"

黄道士看着那三个女人厉声说，眼睛瞪得更大。

三个女人都吃了一惊。究竟"血光"是什么意思，她们原也不很明白。但在黄道士那种严重的口气下，她们就好像懂得了。特别是那四大娘，忽然福至心灵，晓得所谓"血光"就是死了许多人，而且一定要死许多人，因为出产真命天子的地方不能没有代价。

黄道士再举起左手，伸出中指，向北方天空指了三下。四大娘的心就是卜卜地三跳。蓦地黄道士回手指着自己的鼻子，闷着声音似的又说道：

"这里，这里，也有血光！半年罢，一年罢，你们都要做刀下的鬼，村坊要烧白！"

于是他低下了头，嘴唇翕翕地动，像是念咒又像是抖。

三个女人都叹了一口气。荷花看着六宝，似乎说："先死的，看是你呢是我！"六宝却钉住了黄道士的面孔看，有点不大相信的样子。末了，四大娘绝望似的吐出了半句：

"没有救星了么？那可——"

黄道士忽然跳起来，吵架似的呵斥道：

"谁说！我叫三个草人去顶刀头了！七七四十九天，还差几天。——把你的时辰八字写来，外加五百钱，草人就替了你的灾难，懂么？还差几天。"

"那么真命天子呢，几时来？"

荷花又觉得尾尻骨上隐隐有点痛，便又提起了这话来。

黄道士瞪大了眼睛向前看，好像没有听得荷花那句话。北风劈面吹来，吹得人流眼泪了。那边张家坟上的许多松树呼呼地响着。黄道士把中指在眼眶上抹了一下，就板起面孔说道：

"几时来么？等那边张家坟的松树都死光了，那时就来！"

"呵，呵，松树！"

三个女人齐声喊了起来。她们的眼里一齐闪着恐惧和希望的光。少了一棵松树就要受张剥皮的压迫,她们是恐惧的;然而这恐惧后面就伏着希望么?这样在恐惧与希望的交织线下,她们对于黄道士的信口开河,就不知不觉发生了多少信仰。

三

四大娘心魂不定了好几天。因为她的丈夫阿四还想种"租田",而她的父亲张财发却劝她去做女佣,——吃出一张嘴,多少也还有几块钱的工钱。她想想父亲的话不错。但是阿四不种田又干什么呢?男人到镇上去找工作,比女人还难。要是仍旧种田,那么家里就需要四大娘这一双做手。

多多头另是一种意见,他气冲冲地说:

"租田来种么?你做断了脊梁骨还要饿肚子呢!年成好,一亩田收了三担米,五亩田十五担,去了'一五得五,三五十五'六石五斗的租米,剩下那么一点留着自家吃罢,可是欠出的债要不要利息,肥料要不要本钱?你打打算盘刚好是白做,自家连粥也没得吃!"

阿四苦着脸不作声。他也知道种租田不是活路。四大娘做女佣多少能赚几个钱,就是他自己呢,做做短工也混一口饭,但是有个什么东西梗在他的心头,他总觉得那样办就是他这一世完了。他望着老婆的脸,等待她的主意。多多头却又接着说道:

"不要三心两意了！现在——田，地，都卖得精光，又欠了一身的债，这三间破屋也不是自己的，还死守在这里干么？依我说，你们两个到镇上去'吃人家饭'，老头子借的债，他妈的，不管！"

"小宝只好寄在他的外公身边，——"

四大娘惘然呐出了半句，猛的又缩住了。"外公"也没有家，也是"吃人家饭"，况且已经为的带着小孙子在身边，"东家"常有闲话，再加一个外孙，恐怕不行罢？也许会连累到外公打破饭碗。镇上人家都不喜欢雇了个佣人却带着小孩。……想到这些，四大娘就觉得"吃人家饭"也是为难。

"我都想过了，就是小把戏没有地方去呀！"

阿四看着他老婆的面孔说，差不多要哭出来。

"嘿嘿！你这样没有主意的人，少有少见！我带了小宝去，包你有吃有穿！到底是十二岁的孩子，又不是三岁半要吃奶的！"

多多头不耐烦极了，就像要跟他哥哥吵架似的嚷着。

阿四苦着脸只是摇头。四大娘早已连声反对了：

"不行，不行！我不放心！唉，唉，像个什么！一家人七零八落！一份人家拆散，不行的！怎么就把人家拆散？"

"哼，哼，乱世年成，饿死的人家上千上万，拆散算得什么!这年成死一个人好比一条狗,拆散一下算得什么!"

多多头暴躁地咬着牙齿说。他睁圆了眼睛看着他的哥哥嫂嫂,怒冲冲地就像要把这一对没有主意的人儿一口吞下去。

因为多多头发脾气,阿四和四大娘就不再开口了。他们却也觉得多多头这一番怒骂爽辣辣地怪受用似的。梗在阿四心头的那块东西,——使他只想照老样子种田,即使是种的租田,使他总觉得"吃人家饭"不是路,使他老是哭丧着脸打不起主意的那块东西,现在好像被多多头一脚踢破露出那里边的核心。原来就是"不肯拆散他那个家"!

因为他们向来有一个家,而且还是"自田自地"过得去的家,他们就以为做人家的意义无非为要维持这"家",现在要他们拆散了这家去过"浮尸"样的生活,那非但对不起祖宗,并且也对不起他们的孩子——小宝。"家",久已成为他们的信仰。刚刚变成为无产无家的他们怎样就能忘记了这久长生根了的信仰呵!

然而多多头的话却又像一把尖刀戳穿了他们的心,——他们的信仰。"乱世年成,人家拆散,算得什么呢!死一个人,好比一条狗!"四大娘愈想愈苦,就哭起来了。

"多早晚真命天子才来呢?黄道士的三个草人灵不灵?"

在悲泣中,她又这么想,仿佛看见了一道光明。

四

　　一天一天更加冷了。也下过雪。菜蔬冻坏了许多。村里人再没有东西送到镇上去换米了，有好多天，村和镇断绝了交通。全村的人都在饥饿中。

　　有人忽然发见了桑树的根也可以吃，和芋头差不多。于是大家就掘桑根。

　　四大娘看见了桑根就像碰见了仇人。为的他家就伤在养蚕里，也为的这块桑地已经抵给债主。虽然往常她把桑树当作性命。

　　村里少了几个青年人：六宝的哥哥福庆，和镇上张剥皮闹过的李老虎，还有多多头，忽然都不知去向。但村里人谁也不关心；他们关心的，倒是那张家坟园里的松树。即使是下雪天，也有人去看那坟上的松树到底还剩几棵。上次黄道士那一派胡言早就传遍了全村，而且很多人相信。

　　黄道士破屋里的三个草人身上渐渐多些纸条，写着一些村里人的"八字"。四大娘的儿子小宝的"八字"也在内。四大娘还在设法再积五百个钱也替她丈夫去挂个纸条儿。

　　女人中间就只有六宝不很相信黄道士的浑话。可是她也不在村里了。有人说她到上海去"进厂"了，也有人说她就在镇上。

将近"冬至"的时候,忽然村里又纷纷传说,真命天子原来就出在邻村,叫做七家浜的小地方。村里的赵阿大就同亲眼看过似的,在稻场上讲那个"真命天子"的故事:

"不过十一二岁呢,和小宝差不多高。也是鼻涕拖有寸把长。……"

站在旁边听的人就轰然笑了。赵阿大的脸立刻涨红,大声喊道:

"不相信,就自己去看罢!'真人不露相'?嗨,这就叫做'真人不露相'!慢点儿,等我想一想。对了,是今年夏天的时候,这孩子,真命天子,一场大病,死去三日三夜。醒来后就是'金口'了!人家本来也不知道,八月半那天,他跟了人家去拔芋头,田塍上有一块大石头——就是大石头,他喊一声'滚开',当真!那石头就骨碌碌地滚开了!他是金口!"

听的人都睁大了眼睛看着赵阿大,又转脸去看四大娘背后的瘦得不成样子的小宝。

有人松一口气似的小声说:

"本来真命天子早该出世了!"

"金口还说了些什么?阿大!"

阿四不满足地追问。但是赵阿大瞪出了眼睛,张大着嘴巴,没有回答。他是不会撒谎的,有一句说一句不能再添多。过一会儿，他发急了似的乱嚷道：

"各村坊里都讲开了，'人'是在那里！十一二岁，拖鼻涕，跟小宝差不多！"

"唉！还只得十一二岁！等到他坐龙庭，我的骨头快烂光了！"

四大娘忽然插嘴说，怕冷似的拱起了两个肩膀。

"谁说！当作是慢的，反而快！有文曲星武曲星帮忙呢！福气大的人，十一二岁也就坐上龙庭了！要等到你骨头烂，大家都没命了！"

荷花找到机会，就跟四大娘抬杠。

"你也是'金口'么？不要脸！"

四大娘回骂，心里也觉得荷花的话大概不错，而且盼望它不错，可是当着那么多人面前，四大娘嘴里怎么肯认输。这两个女人又要吵起来了。黄道士一向没开口，这时他便拦在中间说道：

"自家人吵什么！可是，阿大，七家浜离这里多少路！不到'一九'罢？那，我们村坊正罩在'血光'里了！几天前，桥头小庙里的菩萨淌眼泪，河里的水发红光，——哦！快了！半年，一年！——记牢！"

最后两个字像猫头鹰叫，听的人都打了个寒噤，希望中夹着害怕。黄道士三个古怪草人都浮出在众人眼前了，草人上挂着一些纸条。于是已经花了五百文的人不由得松一口气，虔诚地望着黄道士的面孔。

"这几天里，松树砍去了三棵！"

荷花喃喃地说，脸向着村北的一团青绿的张家坟。

大家都会意似的点头。有几个嘴里放出轻松的一声嘘。

赵阿大料不到真命天子的故事会引出这样严重的结果，心里着实惊慌。他还没在黄道士的草人身上挂一纸条儿，他和老婆为了这件事还闹过一场，现在好像要照老婆的意思破费几文了。五百个钱虽是大数目，可是他想来倒还有办法。保卫团捐，他已经欠了一个月，爽性再欠一个月，那不就有了么？派到他头上的捐是第三等，每月一角。

不单是赵阿大存了这样的心。早已有人把保卫团捐移到黄道士的草人身上了。他们都是会打算盘的：保卫团捐是每月一角，——也有的派到每月二角，可是黄道士的草人却只要一次的五百文就够了，并且村里人也不相信那驻在村外三里远的土地庙里的什么"三甲联合队"的三条枪会有多少力量。在乡下人眼里，那什么"三甲联合队"队长，班长，兵，共计三人三条枪，远不及黄道士的三个草人能够保佑村坊。

他们也不相信那"三甲联合队"真是来保卫他们什么。那三条枪是七月里来的，正当乡下人没有饭吃，闹哄哄地抢米的时候，饭都没得吃的人，还有什么值钱的东西要保卫么？

可是那"三甲联合队"三个人"管"的事却不少。并且管事的本领也不小。虽然天气冷，他们三个人成天躲在庙里，他们也知道七家浜出了"真命天子"，也知道黄道士家里有什么草人，并且那天赵阿大他们在稻场上说的那些话也都落到他们三个人耳朵里了。

并且，村里的人不缴保卫团捐却去送钱给黄道士那三个草人的事，也被"三甲联合队"的三个人知道了！

就在赵阿大讲述"真命天子"散事的三四天以后，"三甲联合队"也把七家浜那个"金口"的拖鼻涕孩子验明本身捉到那土地庙里来了。

这是在微雨的下午，天空深灰色，雨有随时变作雪的样子。土地庙里暗得很。"三甲联合队"的全体——队长，班长，和士兵，一共三个人，因为出了这一趟远差，都疲倦了，于是队长下命令，就把那孩子锁在土地公公的泥腿上，班长改作"值日官"，士兵改作门岗兼"卫兵"，等到明天再报告基干队请示发落。

那拖鼻涕的"真命天子"蹲在土地公公泥脚边悄悄地哭。

队长从军衣袋掏出一支香烟来，烟已经揉曲了，队长慢慢地把它弄直，吸着了，喷一口烟，就对那"值日官"说道：

"咱们破了这件案子,您想来该得多少奖赏?"

"别说奖赏了,听说基干队的棉军衣还没着落。"

值日官冷冷地回答。于是队长就皱着眉头再喷一口烟。

天色更加黑了,值日官点上了洋油灯,正想去权代那"卫兵"做"门岗",好替回那"卫兵"来烧饭,忽然队长双手一拍,站起来拿那洋油灯照到那"真命天子"的脸上,用劲地看着。看了一会儿,他就摆出老虎威风来,唬吓那孩子道:

"想做皇帝么?你犯的杀头罪,杀头,懂得么?"

孩子不敢再哭,也不说话,鼻涕拖有半尺长。

"同党还有谁?快说!"

值日官也在旁边吆喝。

回答是摇头。

队长生气了,放下洋油灯,抓住了那孩子的头发往后一揪,孩子的脸就朝上了,队长狞视着那拖鼻涕的脏瘦脸儿,厉声骂道:

"没有耳朵么?谁是同党?招出来,就不打你!"

"我不知道哟!我只知道拾柴捉草,人家说我的什么,我全不知道。"

"混蛋!那就打!"

队长一边骂,一边就揪住那孩子的头到土地公公的泥腿上重重地碰了几下。孩子像杀猪似的哭叫了。土地公公腿上的泥簌簌地落在孩子的头上。

值日官背卷着手，侧着头，瞧着土地公公脸上蛀剩一半的白胡子。他知道队长的心事，他又瞧出那孩子实在笨得不像人样。等队长怒气稍平，他扯着队长的衣角，在队长耳边轻轻说了一句，两个人就踅到一边去低声商量。

孩子头上肿高了好几块，睁大着眼睛发楞，连哭都忘记了。

"明天把黄道士捉来，就有法子好想。"

值日官最后这么说了一句，队长点头微笑。再走到那孩子跟前，队长就不像刚才那股凶相，倒很和气地说：

"小孩子，你是冤枉了，明天就放你回去。可是你得告诉我，村里哪几家有钱？要是你不肯说，好，再打！"

突然队长的脸又绷紧了，还用脚跺一下。

孩子仰着脸，浑身都抖了。抖了一会儿，他就摇头，一边就哭。

"贱狗！不打不招！"

队长跺着脚咆哮。值日官早拾起一根木柴，只等队长一声命令，就要打了。

但是庙门外蓦地来了一声狂呼，队长和值日官急转脸去看时，灯光下照见他们那卫兵兼门岗抱着头飞奔进来，后边是黑魆魆几条人影子。值日官丢了木柴就往土地公公座边的小门跑了。队长毕竟有胆,哼了一声,跳起来就取那条挂在泥塑"功曹"身上的快枪,可是枪刚到手,他已经被人家拦腰抱住,接着是兜头吃了一锄头,不曾再哼得一声,就死在地上。

卫兵被陆福庆捉住,解除了他身上的子弹带。

"逃走了一个!"

多多头抹着脸,大声说。队长脑袋里的血溅了多多头一脸和半身。

"三条枪全在这里了。子弹也齐全。逃走的一个,饶了他罢。"

这是李老虎的声音。接着,三个人齐声哈哈大笑。

多多头揪断了那"真命天子"身上的铁链,也拿过洋油灯来照他的脸。这孩子简直吓昏了,定住了眼睛,牙齿抖得格格地响。陆福庆和李老虎搀他起来,又拍着他的胸脯,揪他的头发。孩子惊魂中醒过来,第一声就哭。

多多头放下洋油灯,笑着说道:

"哈哈!你就是什么真命天子么?滚你的罢!"

这时庙门外风赶着雪花,磨旋似的来了。

(原载1933年2月《东方杂志》第30卷第4号刊物)

当铺前

一

东方刚刚发白,那呜呜的小火轮的汽笛声就从村外的小河里送到村里来了。小火轮在这河里行驶,总也有五六年了;河道是很狭的,小火轮经过时卷起了两股巨浪,豁剌剌地冲击着那些沿河的"田横埂",叫乡下人叫苦。像前年发大水的时候啊,这小火轮恶狠狠地开着快车走过,就像河里起了蛟,轰轰轰地,三五尺高的水头打过那些田横埂,直灌进稻田里去了。

所以村里的农民一听了那汽笛声就发恨。发大水的时候,他们想过许多方法不许那小火轮行走这条河道,他们到十几里路外的轮船局里闹过,他们又听了什么人的指教到镇上那"区公所"里递过禀帖,然而都没有效果;后来他们就直接行动了,等那小火轮走过的时候,全村五六十人一个总动员,石子泥块像雨点一般打过去,小火轮发疯似的叫着,逃命似的走着。第二天,果然没有听到那鬼哭一般的汽笛叫。小火轮绕出这一段河道了。可是第三天，区公所派了人下乡来，说要严办指使暴动的人。第四天，小火轮依然横冲直撞地行过了，船上有保卫团，挺起枪，预备放！乡下人自然懂得枪弹比石子厉害，而况区公所又要抓人，只好忍气吞声天天把冲坏了的田横埂修整加高。

现在的情形又不同了。小火轮改了班，经过这条河道时，正好是东方打白，乡下人从梦里醒来。那火轮船也不是从前那样大家伙，而是小巧的叫做什么柴油轮船。因为今年是旱得太久，河水浅了，只有这小巧的柴油轮船还能够勉强开过去，而且轮船公司生意清淡，哪怕是小船啊，舱里也还是空落落的。这些事，乡下人本来不管他娘的账，但是那柴油轮船走过的时候总在快天亮，那呜呜的叫声也恰好代替了报晓鸡，——开春以来就把杂粮当饭吃的村里人早就把鸡卖得精光，所以这一向听着可恨的汽笛声现在对于村里人居然有点用处了。

天像有点雾，没有风。那惨厉的汽笛声落到那村庄上，就同跌了一交似的，尽在那里打滚。又像一个笨重的轮子似的，格格地碾过那些沉睡的人们的灵魂。

村东头的一间矮屋里闪着灯光，寸半长的铜元圈儿那么粗的白烛头在悄悄地滴着蜡泪。这矮屋的居住者王阿大当汽笛叫了第一声时就像被人家打一棍似的从床上跳起身来，现在他匆匆忙忙地在烛光下打叠一个小包袱。他们要不是万分紧急，怎么肯点这宝贵的烛头。这还是三个月前王阿大到镇上一家做丧事的人家"吃饭白相帮"做了三天临时工役带回来的宝贝。他这短差，虽说没有工钱，饭是让他尽肚子装的；村里人到现在还常常讲起，夸羡他的好运气。何况还带来了这么一个粗大的蜡烛头。但那是三个月以前的事了，王阿大在丧事人家的三天里虽然把肚子装饱，也早就饿瘪，昨天又吃完了最后的一点麸皮和豆子，这时他把几件旧衣服包起来，打算拿到镇上去上当铺。

"这件也包了去罢！"

阿大的老婆撩过一件半新的土布棉袄来，阴凄凄地说。

"也包了去？你穿什么呢？"

王阿大一面回问，一面拎着那件半新的土布棉袄，决不定主意。

"喨！"

那女人只哼了一声，缩着头，对丈夫摇手。

王阿大迟疑地打开了那包袱，把一叠旧衣服一件一件看了又看，手指头把不住发抖，这里的每一件衣服都是一个伤心的故事。那蓝布夹袄上的几点血迹，他是去年跟村坊里的人到那轮船局里去吵闹被人家一拳打破了鼻子的时候沾上去的；那花洋布的女裤又是老婆大前年做奶妈的时候向女主人讨来的，——老婆为的想做奶妈挣几个钱帮家用，还债，硬着心肠溺死了自己第二胎的女孩子,她到现在看见这花洋布裤子就要掉眼泪;还有,还有一身蓝绵绸的棉袄裤,是从死了的十三岁大女儿招弟的尸身上剥下来①,招弟是前年水灾的时候活活饿死的。……

这一个小小的包袱就是王阿大夫妻俩惨痛的生活史!

可是他们这全部惨痛生活史的唯一纪念品,——也是他们现在所有的全部财产,在典当朝奉的眼睛里看来,也许不值一块钱呢!

王阿大鼻孔里呼噜了两声,忍住了眼泪,抖着手指,再拿起老婆撩给他的半新的棉袄来。棉袄上还留着老婆身上的热气和那特别的汗臭,王阿大猛觉得心里像刀割似的,抱住了那棉袄,就哭起来了。

女人却不哭,睁大了眼睛发怔。她也想起了自己硬着头皮溺在马桶里闷死的第二胎的女孩子,她的心就像冰冻住了似的。

忽然她浑身一跳,就扑到床上,从破棉絮堆里抱过那不满半岁的孩子,紧紧偎在胸前,好像怕被人家夺了去。

Hon—ah! Hon—ah!

婴孩啼了,那声音像是哑嗓子的小猫。女人解开了衣,把干瘪的乳房塞到孩子嘴里,摇着身子。孩子吮住了乳头,也就不

---

① 他们乡间的习惯,死人不能光着身体去见阎王,所以即使是极贫苦的人家当把死者放进薄皮棺时,也须穿了棉袄裤。

作声。

"包在一起,赶快走罢!——到迟了,当不进去,今天就没有吃的!"

女人望着丈夫这边,轻声说。

白烛头的火焰跳了一下,便又奄奄地矮下去了。门缝里透进白光。

王阿大抬起头来,叹一口气,把老婆那件棉袄包进了包袱,却把自己身上的破烂夹袄脱下来,望老婆床上一丢,就转身开那板门了。

"外边比不得屋里!你一件单衣不冷么?你穿了去!"

女人抱着孩子跳下床来,梗着咽喉叫。

王阿大不回答。一阵风扑向屋里来,白蜡烛头吹熄了,王阿大和他的女人都冷得发抖。哇的一声,女人怀里的婴孩哭起来了。那干枯的乳房不能使他满足。王阿大机械地回头看了那孩子一眼,就咬着牙齿,挟着那包袱,拔步走了。

女人到廊檐口又唤了她丈夫一声,也就站住了,阴凄凄的一双眼里充满了眼泪。她本能地换一个乳房给孩子吮,又回到房里,坐在破竹凳上。风像剪刀似的吹来。她冷得嘴唇都麻木了。她关上门,又披上丈夫让给她的破烂夹袄,可还是浑身发抖。但想到丈夫拿去的一包衣服总该当几文钱来买米,她又惨然一笑。

这时候，她方才觉得自己的没有乳汁的乳头被饿狠了的孩子吮得作痛。她紧紧地抱住那孩子，觉得暖些，她悯然看着孩子的瘦脸，那小小额角上的嫩皮起了皱纹，像个老太婆。

二

王阿大急步跑了半个钟头光景，天已大明，可没有太阳。因为跑了路，他倒不觉得冷了，额角上还有汗珠。可是肚子里咕咕地叫起来了。起初还勉强熬得住，后来却越叫越勤，王阿大两条腿渐渐发重。

他咽下几口唾沫，慢慢地走。

他走得那样慢，简直不像是乡下人。三四起的邻村的农民赶过了他前头，他们都是上镇去的。

到了那有名的马家坟时，王阿大便坐在坟堆前那坍塌的石凳上歇一口气。直楠树的红叶子落到他脚边，他拾了一张叶子放在嘴里咬着。头顶有麻雀叫。他咽下了一口树叶子的苦汁，仰脸看那些麻雀。

那边远远一座桥。桥背后就有黑簇簇的房屋。这就是镇市梢。

啵！啵！啵！

镇市梢那机器碾米厂的汽管骄傲地叫着。

咕！咕！咕！王阿大的肚子又一次猛烈的叫着。并且他听出那叫声里还有他的不满半岁的儿子哑哑地哭。他急急忙忙跳起来，紧紧地挟着那包袱，就向镇上跑。

"到迟了，当不进去，今天就没有吃的了！"

老婆的话又在王阿大耳边响。他把裤腰带收紧些，没命的跑。他赶上了许多在前面走的农民。疯子似的直扑到那当铺的大门外，方才住脚。

当铺的两扇黑油大门还没有开，然而守在门外的人可已经不少。有几个店铺才只开了半扇门，趿着鞋皮的伙计探头到门口看了一眼，咳着，把痰吐在街心石板上。小乞丐似的学徒提着水吊子懒懒地走过。赶早市的糕团铺伙计顶着热气蓬蓬的蒸笼，接连吆喝着"糕呀，糕呀！"眨眨眼就跑过了。

守在当铺门外的穷人队伍，时时刻刻在增加，把那一段街道挤得没有空隙。他们都望着那一对乌油大门，他们都想挤到门前。王阿大挟着他的衣包也在人堆里挤。在他旁边，有一个红眼睛的老太婆，抱着一卷土布，瘪嘴唇翕翕地动，好像在那里念佛，也想挤到前面去。

忽然一个鱼贩子挑着一担鱼，远远地吆喝着来，要穿过这当铺门前的密集队伍。这鱼贩子的担子，前面是一个木桶，满满地装着水和活鱼，后面是一个筐子，盛着带泥的蚌；他用那水桶开路，摇摇摆摆冲进来。

人堆里起了扰动了。那红眼睛的老太婆，一心想挤上当门前去，不防斜刺里冲出那鱼贩子的扁担来，一头撞着，就跌倒了。木桶里的水泼了满地，川条鱼在石板上跳。

"撞倒了老太婆了！大家不要挤啊！"

王阿大喊起来，用背脊和屁股抵住了挤紧来的人们。

"啊哟哟！不要踩了我的鱼啊！——嘿，官路大家走得！"

鱼贩子赶快歇下担子，一面嚷，一面弯着腰在人腿缝里捉活鱼。

老太婆却已经爬起来，拍着手骂那鱼贩子"瞎了眼"。一会儿她记起了她的布，慌忙在地上捡起来，那白布却已变成灰布了。老太婆的骂就也变成了哭。然而人们依然挤紧来。老太婆没有工夫尽哭，夹在人堆里再向前挤，一面慌慌忙忙把泥污了的一段布在她的破衣服上揩擦。

王阿大好容易挤到了那一对乌油门前。他一身臭汗，肚子里只管咕咕地叫。背靠着那门，坐在地下的，有一位脸色青白的青年女人，仰起一对惊惶的眼睛朝天空看。女人的旁边有乡下人，也有镇上人，都把身子贴在那门上。

"哎！施粥厂门外也没有这般挤呀！"

有人在王阿大耳朵边叹着气说。

"荒年荒时,哎!——几时开门呢?"

王阿大松一松腰,也叹口气,好像是回答那耳边的人。他说那句"几时开门呢"的当儿,虽则有几分焦灼,可实在还带点自慰的意味;他总算没有落后,挤到这门前时,门还没开,他的小衣包也许能够顺利地换成了钱。

"说是要到九点才开哪!——喂,不是已经九点了么?"

坐在地下的年青女人接口说,眼睛看着王阿大。

"一定是九点过头了,我跑了十多里路,谁知道门还没开!"

王阿大回答,用手背去抹额角上的汗。

"十多里路么?可是我呢,我是天还没有发亮的时候就来这里坐着守的!他们几位比我慢几步。我们守了好半天了!又饿又冷!牢门还不开!这忽儿,人又那么多了!"

年青女人气虎虎地说着,把肘弯在门上撞了几下。

"还不开门么?开门呀!"

旁边的人也都喊起来,拳头捶得那乌油门蓬蓬地响。

王阿大的拳头够不到那门,就在那里嚷,他觉得嚷一阵,肚子叫就好了些。他背后的人们也在嚷,可不是嚷"开门",却是嚷"挤上前去"。王阿大也巴不得能够再上前,可是在他前面有那青年女人，女人背后又是门，他只好把背脊和屁股抵住了后面的推挤。

现在这一条街上的店铺也都开市了。卸店板的声音，劈劈拍拍传来，王阿大也听得。然而他面前那对乌油门依然关得紧紧的。

他回头去看一眼。那是几层的人，有涨红的脸，也有灰白喘气的脸，都在嘈嘈地嚷骂，恨那当铺不肯早点开门。

"嗳，喔唷，喔唷！"

那青年女人忽然咬紧着牙关哼起来了，两手捧着肚子。

等待着的人们只是呼噪着"开门"，谁也没有注意这女人。

王阿大因为是面对面站着，只他看清了那女人的惨痛的挣扎有点异样。他记得曾经见过这样捧着肚子哼的形状，可是他一时记不清。女人哼了一会儿，便也不作声，她慢慢地抬起头来，额角上是青筋直爆，黄豆大的汗珠，嘴唇上两个深深的齿痕，眼睛里充满了惊惶。

她看了王阿大一眼，又看看左边和右边，好像有什么话想找个适当的人告诉。

但此时人们突然发一声喊：开了！王阿大面前的两扇乌油门闪开一条缝。人们又一声喊，王阿大再也站不稳了，昏头昏脑撞了几步，身子已经在乌油门内了，却又听得一声刺耳的惨叫，接着是男人的声音狂喊道：

"不好了！踏倒一个女人了！一个大肚子的女人！"

王阿大就像浸在冰水里冷的浑身战抖。他想站住，可是不行。人们像潮水似的涌来，将他直推到那高高的柜台前面，将他挤在柜台边，透不过气。

柜台边是无数的手，各式各样的旧衣服，小包袱。

王阿大本能地也挣出他那拿着包袱的手来，插进了那手的林，他暂时忘记了那一声刺耳的惨叫，和那惨痛挣扎的女人的面孔。他也学着他那一伙人直着喉咙乱嚷"朝奉先生"。

他看见一个朝奉走过来了。但是那朝奉接了别人手里的东西。

他看见左边又有一个朝奉皱着眉头把几件蓝布衣服直撩到柜台外人堆里，大声吆喝着：

"烂东西！'不当！"

他又看见自己面前那个朝奉拎起两件绸衣喊道：

"一块钱！"

"两块，行吗？是新的呢！"

有人在王阿大身边蹑起了脚对柜台上说。但是那朝奉并没回答，把那两件绸衣直撩下来，就去接另一个人手里的东西了。

这是雪白光亮的一车丝。朝奉拿在手里撅了一撅，也喝道：

"一块钱!"

丝的主人略迟一些回答,那朝奉早就撇下丝。王阿大乘这机会把自己的包袱凑上去,心里把不住卜卜的跳。

"什么!你来开玩笑么?这样的东西也拿来当!"

朝奉刚打开了包袱,立刻就捏住了鼻子,连包袱和衣服推下柜台来,大声喝骂。

王阿大像当头吃了一棍子,昏头昏脑地不知道怎样才好。他机械地弯着腰在人脚的海里捞他的几件宝贝衣服。同时他的耳朵里呜呜地响;他听得老婆哭,孩子哭;他听得自己肚子叫。

等到他从地下人脚缝里捞起他的衣服来,打算换一个地点再作第二次尝试——挑一个面相和气的朝奉来碰碰运气的时候,他听得人们乱哄哄地喊道:

"怎么?不过一管烟的工夫,一百二十元就当满了么?今天就止当了么?就停当候赎了么?"

王阿大叹一口气,知道今天又是白跑了一趟,他失神似的让人们把他拥着推着,直到了那乌油的大门边。他猛一低头,看见门槛石上有一滩紫黑的血迹。于是他立刻又听得了那女人的刺耳的惨呼,并且他猛然想起了那女人的捧着肚子哼的样子就同他自己的老婆去年在水车旁边生产那孩子的时候一样。

于是王阿大想起了他自己的没有奶吃的半岁的孩子,想到了老婆的一身瘦骨头和两只干瘪的乳房，他的心就同一块石头似的发沉了。

（原载1933年7月1日《现代》第3卷第3期）

大鼻子的故事

一

在"大上海"的三百万人口中,我们这里的主角算是"最低贱"的。

我们有时瞥见他偷偷地溜进了三层楼"新式卫生设备"的什么"坊"什么"村"的乌油大铁门,爬在水泥的大垃圾箱旁边,和野狗们一同,掏摸那水泥箱里的发霉的"宝贝"。他会和野狗抢一块肉骨头,抢到手时细看一下,觉得那粘满了尘土的骨头上实在一无可取,也只好丢还给本领比他高强的野狗。偶然他捡得一只烂苹果或是半截老萝卜,——那是野狗们嗅了一嗅掉头不顾的,那他就要快活得连他的瘦黑指头都有点发抖。他一边吃,一边就更加勇敢地挤在狗群中到那水泥箱里去掏摸,他也像狗们似的伏在地上,他那瘦黑的小脸儿竟会钻进水泥箱下边的小门里去。也许他会看见水泥箱里边有什么发亮的东西,——约莫是一个旧酒瓶或是少爷小姐们弄坏了的玩具,那他就连肚子饿也暂时忘记，他伸长了小臂膊去抓着掏着，恨不得连身子都钻进水泥箱去。可是，往往在这当儿，他的屁股上就吃了粗牛皮靴的重重的一脚：凭经验，他知道这一脚是这"村"或"坊"的管门巡捕赏给他的。于是他只好和那些尾巴夹在屁股间的野狗们一同，悄悄逃出那乌油大铁门，再到别地方进行他的"冒险"事业。

有时他的运气来了，他居然能够避过管门巡捕的眼睛，踅到三层楼"新式卫生设备"的一家的后门口，而又凑巧那家的后门开着，烧饭娘姨正在把隔夜的残羹冷饭倒进"泔脚桶"去，那时他可要开口了；他的声音是低弱到听不明白的，——听不明白也不要紧，反正那烧饭娘姨懂得他的要求，这时候，他或者得半碗酸粥，或者只得一个白眼，或者竟是一句同情的然而于他毫无益处的话语："去，不能给你！泔脚是有人出钱包了去的！"

以上这些事，大概发生在每天清早，少爷小姐们还睡在香喷喷的被窝里的时候。

这以后，我们也许会在繁华的街角看见他跟在大肚子的绅士和水蛇腰长旗袍高跟鞋的太太们的背后，用发抖的声音低唤着"老爷，太太，发好心呀"。

在横跨苏州河的水泥钢骨的大洋桥脚下，也许我们又看见他忽然像一匹老鼠从人堆里钻出来，蹿到一辆正在上桥的黄包车旁边，帮着车夫拉上桥去；他一边拉，一边向坐车的哀告："老爷,(或是太太,……)发发好心!"这是他在用劳力换取食粮了,然而他得到的至多是一个铜子,或者简直没有。

他这样的"出卖劳力",也是一种"冒险生意"。巡捕见了,会用棍子教训他。有时巡捕倒会"发好心",装作不见,可是在桥的两端有和他同样境遇然而年纪比他大,资格比他老的同业们,却毫不通融,会骂他,打他,不许他有这样"出卖劳力"的自由!

就是这样的"冒险生意"也有人分了地盘在"包办",而且他们又各有后台老板,不是随便可以自由营业的。

但是我们这位主角也有极得意的时候。

这,通常是在繁华的马路上耀亮着红绿的"霓虹灯",而僻静的小巷里却只有巷口一盏路灯的冷光的时候。我们的主角,这时候,也许机缘凑巧,联合了五六个乃至十来个和他年纪相仿的同志,守在这僻静的小巷里。于是守着守着,巷口会发现了一副饭担子,也是不过十二三岁的一个孩子挑着,是从什么小商店里回来的。这是一副吃过的饭担子了,前面的竹篮里也许只有些还剩得薄薄一层油水的空碗空碟子,后面的紫铜饭桶里也许只有不够一人满足的冷饭,但是也许运气好,碗里和碟里居然还有呷得起的油汤或是几根骨头几片癞菜叶,桶里的冷饭居然还够喂一条壮健的狗;那时候,因为优势是在我们的主角和他的同志这边,挑空饭担的孩子照例是无抵抗的。我们的主角就此得了部分的满足，舐过了油腻的碟子以后，呼啸而去。

然而我们这位主角的"家常便饭"终究还是挨骂，挨棍子，挨皮靴；他的生活比野狗的还艰难些。

二

在"大上海"的三百万人口中，像我们这里的主角那样的孩子究竟有多少，我们是不知道的。

反过来说，在"大上海"的三百万人口中，究竟有多少孩子睡在香喷喷的被窝而且他们的玩厌了弄坏了的玩具丢在垃圾箱里引得我们的主角爬进去掏摸，因此吃了管门巡捕的一脚的，我们也不大晓得。或者两方面的数目差得不多罢，或者睡香喷喷的被窝的，数目少些，我们也暂且不管。

可是我们却有凭有据的晓得：在"大上海"的三百万人口当中，大概有三十万到四十万的跟我们的主角差不多年纪的孩子，在丝厂里，火柴厂里，电灯泡厂里，以及其他各式各样的工厂里，从早上六点钟到下午六点钟让机器吮吸他们的血！是他们的血，说一句不算怎么过分的话，养活了睡香喷喷被窝的孩子们以及他们的爸爸妈妈的。

我们的主角也曾在电灯泡厂或别的什么厂的大门外看见那些

工作得像人蜡似的孩子们慢慢地走出来。那时候，如果他的肚子正在咕咕地叫，他是羡慕他们的，他知道他们这一出来，至少有个"家"（即使是草棚）可归，至少有大饼可咬，而且至少能够在一个叫做屋顶的下面睡到明天清早五点钟。

他当然想不到眼前他所羡慕的小朋友们过不了几年就会被机器吮吸得再不适用，于是被吐了出来，掷在街头，于是就连和野狗抢肉骨头的本领也没有，就连"拉黄牛"过桥的力气也没有，就连……不过，这方面的事，我们还是少说些罢，我们还是回到我们的主角身上。

他不是生下来就没有"家"的。怎样的一个"家"，他已经记不明白。他只模糊记得：那一年忽然上海打起仗来，"大铁鸟"在半空里撒下无数的炸弹，有些落在高房子上，然而更多的却落在他"家"所在的贫民窟，于是他就没有"家"了。

同时他亦没有爸爸和妈妈了。怎样没有了的，他也不知道；爸爸妈妈是怎样个面目，现在他也记不清了，那时他只有七八岁光景，实在太小一点；而且爸爸妈妈在日，他也不曾看清过他们的面目。天还黑的时候他们就出去，天又黑了他们才回来，他们也是喂什么机器的。

不过，他有过爸爸妈妈，而且怎样他变成没有爸爸妈妈，而且是谁夺了他的爸爸妈妈去，他是永久不能忘记的。他又明白记得：没有了爸爸妈妈以后，他夹在一大群的老婆子和孩子们中间被送进了一个地方，倒也有点薄粥或是发霉的大饼吃。约莫过了半年，忽然有一天一位体面先生叫他们一伙儿到一间屋子里去一个一个问，问到他的时候，他记得是这样的：

"你有家么？"

他摇头。

"你有亲戚么？"

他又摇头。

于是那位体面先生也摇了摇头，用一枝铅笔在一张纸上画一笔，就叫着另外一个号头了。

这以后，不多几天，他就糊里糊涂被掷在街头了，他也糊里糊涂和别的同样情形的孩子们做伴，有时大家很要好，有时也打架，他也和野狗做伴，也和野狗打架；这样居然拖过了几年，他也惯了，他莽莽漠漠只觉得像他这样的人大概是总得这样活过去的。

三

照上面所说，我们这里的主角的生活似乎颇不平凡然而又实在平凡得很。他天天有些"冒险"经历，然而他这样的"冒险"经历连搜奇好异的"本埠新闻"版的外勤记者也觉得不够新闻资格呢。

好罢,那么,我们总得从他的不平凡而又平凡的生活中挑出一件"奇遇"来开始。

何年何月何日弄不清楚,总之是一个不冷不热没有太阳也没刮风也没下雨的好日子。

这一天之所以配称为他生活史上的"奇遇",因为有这么一回事。

大约是午后两点钟光景,他蹲在一个"公共毛厕"的墙脚边打瞌睡。这是他的地盘,是他发见,而且曾经流了血来确定了他的所有权的。提到他这发见,倒也有一段小小的历史,那是很久的事了,他第一次看见这漂亮的公共毛厕就觉得诧异:这小小的盖造得颇讲究的房子到底是"人家"呢,还是"公司"?那时正有一位大肚子穿黑长衫的走了进去,接着又是一位腰眼里挂着手枪的巡捕,接着又是一位洋装先生,——嘿,都是阔人,都是随时有权力在他身上踢一脚的阔人,他就不敢走近去。他断定这小屋子至少也是"写字间"了,不免肃然起敬。然而忽然他又看见从另一门里走出一个女人来,却不像阔人们的女人。接着又有一个和他差不多的孩子也进去了,这可使得他大大不平,而且也胆壮起来了,他偷偷地踅近些一看,这才恍然大悟:原来那些阔人们进去办的是那么一桩"公"事!他觉得被欺骗了,被冤枉地吓一下了，他便要报仇；他首先是想进去也撒他妈的一泡尿，然而蓦地又见新进去一人把一个铜子给了门口的老婆子，他又立即猜想到中间一定还有"过门"，不可冒昧，便改变方针，只朝那小屋子重重吐一口唾沫，同时拣定门边不远的墙脚蹲了下去，算是给这骇了他的小屋子一种侮辱。

那时，他并没有把这公共毛厕的墙脚作为他的地盘的意思。然而先前进去的和他差不多的那个孩子这当儿出来了，忽然也蹲到他身边，也像他那样背靠着墙，伸长两条腿，摆成一个"八"字。他又大大的不平。

"嗨！哪里来的小乌龟！"他自言自语的骂起来。

"骂谁？小瘪三！"那一个也不肯示弱。

于是就扭打起来了。本来两方是势均力敌的，但不知怎地，他的脑袋撞在墙壁上，见了红，那一个觉得已经闯祸，而且也许觉得已经胜利，便一溜烟逃走。只留下我们的主角，从此就成为这公共毛厕墙脚的占有人。

现在呢，他对于这公共毛厕的"知识"，早已"毕业"了；他和那"管门"的老婆子也居然好像有点"交情"。现在，当这不冷不热又没太阳又不下雨刮风的好日子，他蹲在他的地盘上，打着瞌睡，似乎很满意。

这当儿，公共毛厕也不是"闹汛"，那老婆子扭动着她的扁嘴，似乎在咀嚼什么东西。她忽然咀嚼出说话来了，是对墙脚地盘的"领主"：

"喂，喂，大鼻子！你来代我管一管，我一会儿就回来的。"

什么？大鼻子！谁是大鼻子？打瞌睡的他抬起头来朝四面看一下，想不到是唤他自己，然而那老婆子又叫过来了：

"代我管一管罢，大鼻子；我一会儿就回来。谢谢你！"

他明白"大鼻子"就是他了，就老大不高兴。他的爸爸妈妈还在的时候，他有过一个极体面的名字，他自己也叫得出来；可是自从做了街头流浪儿以后，他就没有一定的名字。最初，他也曾把爸娘叫他的名字告诉了要好的伙伴，不料伙伴们都说"不顺口"，还是瞎七瞎八乱叫一阵，后来他就连自己也忘记了他的本名。然而，伙伴们却从没叫过他"大鼻子"。他的鼻子也许比别人的大一些，可是并没大到惹人注意。他和他的伙伴对于名字是有一种"信条"的：凡是自己身体上的特点被人取作名字，他们便觉得是侮辱。例如他们中间有一个叫做小毛的癞痢孩子，他们有时和他过不去，便叫他"癞痢"。

因此，他忽然听得那老婆子叫他"大鼻子"，他就老大不高兴，然而不高兴中间又有点高兴，因为从来没有谁把他当一个人托付他什么事情。

"代你管管么？好！可是你得赶快回来呢！我也还有事情。"

他一边说，一边就装出"忙人"的样子来，伸个懒腰站起了身子。

老太婆把一叠草纸交给他，就走了。但是走不了几步，又回头来叫道：

"二十五张草纸，二十五张，大鼻子！"

"嘿嘿，那我倒要数一数。"

他头也不抬地回答，一边当真就数那一叠草纸。

过不了十分钟，他就觉得厌倦了。往常他毫无目的毫不"负责"地站在一个街角或蹲在什么路旁，不但是十分钟就是半点钟他也不会厌倦，可是现在他却在心里想道：

"他妈的，老太婆害人！带住了我的脚了！走他妈的！"

他感到负责任的不自由，正想站起来走；忽然有人进来了，噗的一声，丢下一个铜子。

从手里递出一张草纸去的时候，"大鼻子"就感到一种新鲜的趣味。他居然"做买卖"了，而且颇像有点威权；没有他的一张草纸，谁也不能进去办他的"公"事。

他很正经地把那个铜子摆在那一叠草纸旁边，又很正经地将草纸弄整齐起来。

似乎公共毛厕也有一定的时间是"闹市",而现在呢,正是适当其时了。各色人等连串地进来,铜子噗噗地接连丢在那放草纸的纸匣里,顷刻之间就有五六枚之多。这位代理人倒有点手忙脚乱了。一则,"做买卖"他到底还是生手;二则,他从来不曾保有过那么多的铜子。

他乘空儿把铜子叠起来。叠到第四个时,他望了望已经叠好的三个,又将手里的一个掂掂分量,似乎很不忍和它分手。可是他到底叠在那第三个上面,接着又叠上第五第六个去。

还是有人接连着进来。终于铜子数目增加到十二。这是最高的纪录了。以后,这位代理人便又清闲了。

十二个铜子呢!寸把高的一个铜柱子。像捉得了老鼠的猫儿似的,不住手地搬弄这根铜柱子,他掐断了一半,托在手掌里轻轻掂了几下,又还过一个去,然后那手——自然连铜子!——便往他的破短衫的口袋边靠近起来了。然而,蓦地他又——猫儿噙住了老鼠的半个身子却又吐了出来似的,把手里的铜子叠在纸匣里的铜子上面,依然成为寸把高的铜柱子。

第二次再把铜柱掐断,却不托在手掌里掂几掂了,只是简洁老练地移近他的破口袋去。手在口袋边,可又停住了,他的眼光却射住了纸匣里的几个铜子;如果不是那老太婆正在这当口回来,说不定他还要吐出来一次。

"啊,老太婆,回来了么?"

他稍稍带点意外的惊异说,同时他那捏着铜子的手便渐渐插进了衣袋里。

老太婆走得上气不接下气似的,只把扁嘴扭了几扭,她的眼光已经落在那一叠减少了的草纸以及压在草纸上面的铜子。

"你看!管得好不好?明天你总得谢谢我呢!"

他说着,映了一下眼睛,站起来就走。

走了几步,他又回头来看时,那老婆子数过了铜子,正在数草纸。于是他便想到赶快溜,却又觉得不必溜。他高声叫道:

"老太婆!风吹了几张草纸到尿坑里去了!你去拾了来晒干,还好用的!"

老婆子也终于核算出铜子数目和草纸减少的数目不对,她很费力地扭动着扁嘴说道:

"不老实,大鼻子!"

"怪得我?风吹了去的!"

他生气似的回答,转身便跑。然而跑得不多几步又转身擎起一个拳头来叫道:

"老太婆!猜一猜,什么东西?猜着了就是你的。哈哈哈!"

他一边笑,一边就飞快地跑过了一条马路。

四

我们这位主角终于由跑步变为慢步了,手在衣袋里数弄着那些铜子。

一共是五枚。同时手里有五个铜子,在他确是第一次。他觉得这是一笔不小的财产了,可以派许多正用。他走得更慢了,肚子里在盘算:"弄点什么来修修肚脏庙罢?"然而他又想买一颗糖来尝尝滋味。对于装饱肚子这一问题,他和他的伙伴们是另有一番见解的:大凡可以用讨乞或者比讨乞强硬的手段(例如在冷巷里拦住了一副吃过的饭担子)弄得到的东西,就不应该花钱去买;花钱去买的,就是傻子!

至于糖呢,可就不同了。向人家讨一粒糖,准得吃一记耳光,而且空饭担里也决不会有一粒糖的。现在我们的主角手里有了五个铜子,就转念到糖一类的东西上了。特别是因为他一次吃过半粒糖,所以糖的引诱力非常大。

他终于站住了。在一个不大干净的弄堂口,有三四个小孩子(其中也有比他高明不了多少的)围住一个摊子。这却不是卖糖,而是出租"小书"(连环图画故事)的"街头图书馆"。

对于这一类的"小书",我们的主角也早已有过非分之想的。他曾经躲在人家的背后偷偷地张过几眼,然而往往总是他正看得有点懂了，人家就嗤的一声翻了过去。这回他可要自己租几本来享受个满足了。

"一个铜子租二十本罢？当场看过还你。"

他装出极老练的样子来，对那摆摊子的人说。

那位"街头图书馆馆长"朝他哨了一眼，就轻声喝道：

"小瘪三！走你的！"

"什么！开口骂人！我有铜子，你看！"

他将手掌摊开来，果然有五个铜子，汗渍得亮晶晶。

书摊子的人伸手就想抓过那五个铜子去，一面说：

"一个铜子看五本，五个铜子，便宜些，看三十本。"

"不成不成！十五本！喂，十五本还不肯？"

他将铜子放回衣袋去，一面忙着偷看别人手里的"小书"。

成交的数目是十本。他只付了两个铜子，拣了二十本，都是道士放飞剑，有使刀的女人的。

他不认识"小书"上面的字，但是他会照了自己的意思去解释"小书"里的图画。那些图画本来是"连环故事"，然而因为画手不大高明，他又不认识字，所以前后两幅画的故事他往往接不起笋来。

可是他还是耐心的看下去。

有一幅画是几个凶相的男子（中间也有道士）围住了一个

女子和一个小孩子打架。半空中还有一把飞剑向那女的和那孩子刺去。飞剑之类,他本来佩服得很,然而这里的飞剑却使他起了恶感。

"妈的!打落水狗,不算好汉!"

他轻声骂着,就翻过一页。这新一页上仍旧是那女人和孩子,可是已经打败了,正要逃到一个树林里去,另外那几个凶相的男子和半空中那把飞剑在后追赶。他有点替那女人和孩子着急。赶快再看第二页。还好,那女人在树林边反身抵抗那些"追兵"了。然而此时图画里又加添出一个和尚,也拿着刀,正从远处跑来,似乎要加入"战团"。

"和尚来帮谁呢?"他心焦地想着,就再翻过一页。他觉得那和尚如果是好和尚一定要帮那女人和小孩子,他要是自己在场一定也帮女人和小孩子的。然而翻过来的一页虽然仍旧画着那一班人,却已经不打架了,他们站在那里像是说话,和尚也在内。

如果他识字,他一定可以知道那班人讲些什么,并且也可以知道那和尚到底帮谁,因为和尚的嘴里明明喷出两道线,而且线里写着一些字,——这是和尚在说话。

他闷闷地再看下面一幅画,可是仍旧看不出道理来。打架确是告一结束了,这回是轮到那女人嘴里喷出两道线,而且线里也有字。

再下一幅图仍有那女人和孩子,其余的一些人(凶相的男子们,道士,连和尚),都已经不见;并且也不是在树林边,而是在房子里了,女人手里也没有刀,她坐在床前,低着头,似乎很疲倦,又似乎在想心事;孩子站在她跟前,孩子的嘴里也喷出两道线,线里照例有一些可恨的方块字。

这可叫他摸不着头脑了。他不满意那画图的人:"要紧关口,他就画不出来,只弄些字眼来搪塞。"他又觉得那女人和孩子未免不中用,怎么就躲到家里去了。然而他又庆幸那女人和孩子终于能够平安回到了家——他猜想他们本来就是要回家去。

总而言之,对于这"来历不明"的女人和孩子,他很关心,他断定他们一定是好人。他热心地要知道他们后来怎样,他单拣那些画着这女人和这孩子的画儿仔细看。有时他们又在和别人打架了,他就由着自己的意思解释起来,并且和前面的故事连串起来。不多一会儿,二十本"小书"已经翻完。

"喂,拿回去,二十本!还有么,讲女人和孩子的?"

他朝那书摊子的人说,同时扪着自己的肚子;这肚子现在轻轻地在叫了。

书摊子的人一面招呼着另一个"小读者",一面随手取了一套封面上画着个女人的"小书"给了我们的主角。

然而这个"女人"不是先前那个"女人"了,从她的装束上就看得出来。她不拿刀,也不使枪,可是她在书里好像"势头"大得很,到处摆架子。

我们的主角匆匆翻了一遍,老大不高兴;蓦地他又想起这一套新的"小书"还没付租钱,便赶快叠齐了还给那书摊子的人,很大方的说一声"不好看",就打算走了。

"钱呢?"书摊子的人说,查点着那一套书的数目。"也算你两个铜子罢!"

"什么,看看货色对不对,也要钱么?"

"你没有先说是看样子,你没有罢?看样子,只好看一本,你刚才是看了一套呢!不要多赖,两个铜子!"

"谁赖你的!谁……"我们的主角有点窘了,却越想越舍不得两个铜子。"那么,挂在账上,明天——"

"知道你是哪里来的杂种;不挂账。"

"连我也不认识么?我是大鼻子。你去问那边管公坑的老太婆,她也晓得!"

一边说,一边就跑,我们的主角在这种事情上往往有他的特别方法的。

他保全了两个铜子,然而他也承认了自己是"大鼻子"了。他觉得就叫做"大鼻子"也不坏,因为在他和他的伙伴中间,"鼻子",也算身体上名贵的部分,他们要表示自己是一条"好汉"的时候总指自己的"鼻子",可不是?

五

我们的主角,——不,既然他自己也愿意,我们就称他为"大鼻子"罢,也还有些更出色的事业。

照例是无从查考出何年何月何日,总之是离开上面讲过的"奇遇"很久了,也许已经隔开一个年头,而且是一个忽而下雨忽而出太阳的闷热天。

是大家正要吃午饭的时候,马路上人很多。我们的"大鼻子"站在一个很妥当的地点,猫一样的窥伺着"幸福的"人们,想要趁便也沾点"幸福"。

他忽然轻轻一跳,就跟在一对漂亮的青年男女的背后,用了低弱的声音求告道:"好小姐,好少爷,给一个铜子。"凭经验,他知道只要有耐心跟得时候多了,往往可以有所得的。他又知道,在这种场合,如果那女的撅起嘴唇似嗔非嗔的说一句"讨厌,小瘪三",那男的就会摸出一个铜子或者竟是两个,来买得耳根的清净,——也就是买得那女人的高兴。

可是这一次跟走了好远一段路,却还不见效。这一男一女手臂挽着手臂,一路走着,自顾咬耳朵说话。

他们又转弯了。那马路的转角上有一个巡捕。大鼻子只好站住了，让那一对儿去了一大段，这才他自己不慌不忙在巡捕面前踱过。

过了这一道关口，他赶快寻觅他的目的物，不幸得很，相离已经太远，他未必追得上。然而也还不至于失望，因为这一对儿远远站在那里不动了。

大鼻子立刻用了跑步。他也看清了另外有一个女人正在和那一对儿讲话。忽然两个女的争执起来，扭打起来了，那男的急得团团转，夹在中间，劝劝这个，又劝劝那个。大鼻子跑到了他们近旁时，已经有好几个闲人围住了他们乱出主意了。忽然有一个小小的纸袋（那是讲究的店铺子装着十来个铜子做找头的），落在地下了，只有大鼻子看到。他立刻"当仁不让"地拾了起来，很坚决地往口袋里一放，就从人层的大腿间钻出去，吹着口笛走到对面的马路上。

逢到这样的机会，大鼻子常常是勇敢的。他就差的还没学会怎样到人家口袋里去挖。

逢到这样的机会，他又是十分坚决的。如果从前他"揩油"了管公共毛厕的那个老婆子的五个铜子，——这一项"奇遇"的当时，他颇显得优柔寡断，那亦不是因为那时还"幼稚"，而是因为他不肯不顾信用：人家当他朋友似的托付他的，他倒不好意思全盘没收。

六

　　天气暖和时，大鼻子很可以到处为"家"。像他这样的人很有点古怪：白天，我们在马路上几乎时时会碰见他，但晚上他睡在什么地方，我们却难得看见。不过他到晚上一定还是在这"大上海"的地面，而不会飞上天去，那是可以断言的。

　　也许他会像老鼠一样有个"地下"的"家"罢？作者未曾调查过，相应作为悬案。

　　然而作者可以负责声明：大鼻子的许多无定的"家"之一，却是既不在天上又不在地下的。

　　想来读者也都知道，在"大上海"的北区，"华""洋""交界"之地带，曾经受过"一·二八"炮火之洗礼的一片瓦砾场，这几年来依然满眼杂草，不失纪念。这可敬的"大上海"的创疤上，有几堵危墙依然高耸着，好像永远不会塌。墙近边有从前"繁华"时代的一口水泥垃圾箱，现在被断砖碎瓦和泥土遮盖了，远看去只像一个土堆。不知怎的，也不知是何年何月，我们的大鼻子发现了这奇特的"地室"，而且立刻很中意，而且大概也颇费了点劳力罢，居然把它清理好，作为他的"冬宫"了。

　　这，大概不是无稽之谈，因为有人确实看见他从这不在天上也不在地下的"家"很大方的爬了出来。

这一天不是热天,照日历上算,恰是一年的第一个月将到尽头,然而这一天又不怎样冷。

这一天没有太阳。对了,没有太阳。老天从清晨起,就摆出一副哭丧脸。

这一天,在"大上海"的什么角落里,一定有些体面人温良地坐着,起立,"静默三分钟"。于是上衙门的上衙门,到"写字间"的到"写字间",……

然而这一天,在"大上海"纵贯南北的一条脉管(马路)上,却奔流着一股各色人等的怒潮,用震动大地的呐喊,回答四年前的炮声。

我们的大鼻子那时正从他的"家"出来往南走,打算找到一顿早饭。

他迎头赶上了这雄壮的人流,以为这是什么"大出丧"呢。"妈的!小五子不够朋友!有人家大出丧,也不来招呼我一声么!"大鼻子这样想着,觉得错过了一个得"外快"的机会。他站在路边,想看看那"不够朋友"的小五子是不是在内捐什么"挽联"或是花圈之类。

没有"开路神",也不见什么"顶马"。走在前头的,是长衫先生,洋装先生,旗袍大衣的小姐,旗袍不穿大衣的小姐,短衣的像学生，短衣的像工人，像学徒，——这样一群人，手里大都有小旗。

这样的队伍浩浩荡荡前来，看不见它的尾巴。不，它的尾巴在时时加长起来，它沿路吸收了无数人进去，长衣的和短衣的，男的和女的，老的和小的。

有些人（也有骑脚踏车的），在队伍旁边，手里拿着许多纸分给路边的看客，也和看客们说些话语。忽然，震天动地一声喊——

"中华民族解放万万岁！"

这是千万条喉咙里喊出来的！这是千万条喉咙合成一条大喉咙喊出来的！大鼻子不懂这喊的是一句什么话，但他却懂得这队伍确不是什么"大出丧"了。他感得有点失望，但也觉得有趣。这当儿，有个人把一张纸放在他手里，并且说：

"小朋友！一同去！加入爱国示威运动！"

大鼻子不懂得要他去干么，——这里没有"挽联"可揎，也没有"花圈"可背，然而大鼻子在人多热闹的场所总是很勇敢很坚决的，他就跟着走。

队伍仍在向前进。大鼻子的前面有三个青年，男的和女的；他们一路说些大鼻子听不懂的话，中间似乎还有几个洋字。大鼻子向来讨厌说洋话的，因为全说洋话的高鼻子固然打过他，只夹着几个洋字的低鼻子也打过他,而且比高鼻子打得重些。这时有一片冷风像钻子一般刺来,大鼻子就觉得他那其实不怎么大的鼻子里酸酸的有些东西要出来了。他随手一把捞起,就偷偷地撩在一个说洋话的青年身上。谁也没有看见。大鼻子感到了胜利。

似乎鼻涕也有灵性的。它看见初出茅庐的老哥建了功,就争着要露脸了。大鼻子把手掌掩在鼻孔上,打算多储蓄一些,这当儿,队伍的头阵似乎碰着了阻碍,骚乱的声浪从前面传下来,人们都站住了,但并不安静,大鼻子的左右前后尽是忿怒的呼声。大鼻子什么都不理,只伸开了手掌又这么一撩,不歪不斜,许多鼻涕都爬在一个女郎的蓬松的头发上了,那女郎大概也觉得头上多一点东西,但只把头一缩,便又胀破了喉咙似的朝前面喊道:

"冲上去!打汉奸!打卖国贼!"

大鼻子知道这是要打架了,但是他眯着眼得意地望着那些鼻涕像冰丝似的从女郎的头发上挂下来,巍颤颤地发抖,他觉得很有趣。

队伍又在蠕动了。从前面传来的雄壮的喊声像晴天霹雳似的落到后面人们的头上——

"打倒一切汉奸!

'一·二八,精神万岁!

打倒×——"

断了！前面又发生了扰动。但是后面却拾起这断了的一句，加倍雄壮地喊道：

"打倒××帝国主义！"

大鼻子跟着学了一句，可是同时，他忽然发现他身边有一个学生，披一件大衣，没有扣好，大衣襟飘飘地，大衣袋口子露出一个钱袋的提手。根据新学会的本领，大鼻子认定这学生的手袋分明在向他招手。他嘴里哼着"打倒——他妈的！"身子便往那学生这边靠近去。

但是正当大鼻子认为时机已到的一刹那，几个凶神似的巡捕从旁边冲来，不问情由便夺队伍里人们的小旗，又喝道：

"不准喊口号！不准！"

大鼻子心虚，赶快从一个高个儿的腿缝间钻到前面去。可是也明明看见那个穿大衣的学生和那头发上顶着鼻涕的女郎同巡捕扭打起来了，——他们不肯放弃他们的旗子！

许多人帮着那学生和那女子。骑脚踏车的人叮令令急驰向前面去。前面的人也回身来援救。这里立刻是一个争斗的漩涡。

喊"打"的声音从人圈中起来，大鼻子也跟着喊。对于眼前的事，大鼻子是懂得明明白白的。他脑筋里立刻排出一个公式来："他自己常常被巡捕打，现在那学生和那女子也被打；他自己是好人，所以那二个也是好人；好人要帮好人！"

谁的一面旗子落在地下了，大鼻子立刻拾在手中，拼命舞动。

这时，纷乱也已过去，队伍仍向前进。那学生和那女郎到底放弃了一面旗子，他们和大鼻子又走在一起。大鼻子把自己的旗子送给那学生道：

"不怕！还有一面呢！算是你的！"

学生很和善地笑了。他朝旁边一个也是学生模样的人说了一句话，而是大鼻子听不懂的。大鼻子觉得不大高兴，可是他忽然想起了似的问道：

"你们到哪里去？"

"到庙行去！"

"去干么？这旗子可是干么的？"

"哦！小朋友！"那头发上有大鼻子的鼻涕的女郎接口说："你记得么，四年前，上海打仗，大炮，飞机，××飞机，炸弹，烧了许多许多房子。"

"我记得的！"大鼻子回答，一只眼偷偷地望着那女郎的头发上的鼻涕。

"记得就好了！要不要报仇？"

这是大鼻子懂得的。他做一个鬼脸表示他"要"，然而他的眼光又碰着了那女郎头发上的鼻涕，他觉得怪不好意思，赶快转过脸去。

"中华民族解放万万岁！"

这喊声又震天动地来了。大鼻子赶快不大正确地跟着学一句，又偷眼看一下那女郎头发上的鼻涕，心里盼望立刻有一阵大风把这一抹鼻涕吹得干干净净。

"打倒××帝国主义！

'一·二八，精神万岁！'"

怒潮似的，从大鼻子前后左右掀起了这么两句。头上四个字是大鼻子有点懂的，他胀大了嗓子似的就喊这四个字。他身边那个穿大衣的学生一面喊一边舞动着两臂。那钱袋从衣袋里跳了出来。只有大鼻子是看见的。他敏捷地拾了起来，在手里掂了一掂，这时——

"打倒一切汉奸！

到庙行去！"

大鼻子的熟练的手指轻轻一转，将那钱袋送回了原处。他忽然觉得精神百倍，也舞动着臂膊喊道：

"打倒——他妈的！到庙行去！"

他并不知道庙行是什么地方，是什么东西，然而他相信那学生和那女郎不会骗他，而且他应该去！他恍惚认定到那边去一定有好处！

"中华民族解放万岁!"

这时队伍正走过了大鼻子那个"家"所在的瓦砾场了。队伍像通了电似的,像一个人似的,又一句:

"中华民族解放万万岁!"

1936年5月27日

(原载1936年7月1日《文学》第7卷第1号)

烟　云

一

凡是公务员，都盼望星期六早早来到。铁路局公务员的陶祖泰却是例外。

天气太好。办公厅窗外一丛盛开的夹竹桃在和风中点头，自然是朝窗里的专等"下班"铃响的公务员们，陶祖泰也在内。温和的天气，笑开了的夹竹桃，都是大公无私的，然而陶祖泰觉得夹竹桃只对他一人点头，而且这点头是嘲笑的意味。

离开"下班"钟点大约二十多分，科长先走了，办公厅里就紧张起来：收拾公文，开了又关了抽屉，穿大褂，找帽子，摸出表来看了一遍又一遍，打电话约朋友，低声（夹着短促的笑音）商量着吃馆子呢还是看电影，——个个人都为"周末"而兴奋，只有陶祖泰惘然坐在那里，为了"周末"而烦恼。

他最后一个踱出了办公厅，心里横着两个念头：怕回家去，然而又不放心家里。这是他近来每逢星期六必有的心绪，他承认自己的能力已经无法解决这个矛盾的心理。

除了星期六，他在同事们中间是最有"家庭幸福"的：夫人年青，相貌着实过得去，性情也是好的，孩子只有一个，五六岁，不淘气。三等科员的收入原好像太少一点儿，可是夫人有一份不算怎么小的"赔嫁"，逢到意外开支，她从不吝啬。因此，除了星期六，这位年青的丈夫是极恋家的，他总是第一个把公文收好，守候"下班"铃响，第一个跑出办公厅，一直线赶回家去。到家以后呢，"左顾孺人，右弄稚子"，他不喜欢汉口的热闹，而汉口的热闹也从不来干涉他。

斜阳照着蜿蜒北去的铁轨，像黄绿夹杂布上的两条银线。他不知怎么走了这和家去相反的路。他还没觉得。眼怔怔望着那铁轨，忽然想起七八年前他有一位同学在铁路轨道上自杀。他用脚尖踢着铁轨旁边的枕木，摇了摇头。他的中学校的同学，有好几位是企图过自杀的；他们以为自杀是高尚而又勇敢的行为；高尚，因为一个人自己觉得会阻碍了别人（尤其是亲爱者）的幸福时，自杀是最彻底的牺牲；而能作彻底的牺牲者，自然是勇敢的。陶祖泰也抱有这信念。他也曾企图过两次的自杀。第一次在结婚以前，但这一次他事后是颇悔惭的，因为并非为了什么"积极的理想"，只是感到生活无味。结婚以后他又有第二次的"企图"，然而朋友们把他救了转来时，他忽然感激了朋友。他说，他在吞下了安眠药片以后就猛省到他的自杀的动机还是不够高尚，为的他之企图自杀实在是感到能力不够，不能使他所亲爱的人有幸福，他想要"逃避"他的责任。

是这第二次"自我批评"以后，他努力找职业，而且努力学习"和光同尘"的处世哲学。半年前他到汉口的铁路局办事，在他职业纪录中已经是第四次的变化。

他眼怔怔望着那远接天边的发亮的铁轨，他脑子里闪电似的飞过了种种的往事，特别是那第二次的自杀企图；他轻轻地摇着头，便反身沿着铁轨走回去。他愈走愈快了，不多一会儿便和铁轨分手，一直回家去。现在是"不放心家里"的意念压倒了"怕回家去"，——应当说，"责任"的观念压倒了"逃避"的意识。

二

因为走得太急了，陶祖泰到家时心跳气促，开不来口。孩子跳到他身边，抱了他的大腿，唤着"爸爸"，他也顺不过气来应一声，只是用手摩着孩子的头。半响，他这才挣扎出一句话来：

"妈妈呢？"

孩子还没回答，陶祖泰一眼早看见壁头的衣钩上没有了夫人那件新制的蓝绸披肩，他颓然叹一口气，拉着孩子的手，想要坐下，却又不坐，伛着腰，轻声的，似乎不愿意出口，问道：

"那个——朱……先生，教书的朱先生，来过么？"

孩子仰脸看着他爸爸，一对小眼睛睁得滚圆；爸爸的脸色太难看，爸爸的声音也太怪样，他害怕，他把脸扑在爸爸身上。

陶祖泰拍着孩子的背，放和顺了口音说：

"哎，孩子！"

"爸爸。妈妈，隔壁黄伯伯家里，打牌。"孩子露出脸来，又看着他父亲了。"妈妈说，买一个洋泡泡，给宝宝，等爸爸回来，同去买。"

陶祖泰勉强笑了笑，一声不响，抱起孩子来，就走出去了。

他抱着孩子，就到隔壁黄家。刚走进那阴湿的小院子，就听得"男和女杂"的笑声夹着牌响。他忽然打了一个寒噤，他忽然想道："随她去罢，——随他们去罢：自家又何苦去受刑罚。"可是他依然朝前走，不知不觉却在两臂上加了劲，惹得怀里的孩子怪不舒服。

狭长的旧式边厢。开亮了电灯，照着四张红喷喷亮油油的面孔。陶祖泰刚挨身进去，第一眼就看见坐在他夫人对面的，正是那位当教员的朱先生。然而第一眼看见陶祖泰进来的，却是那位半个后身对着厢房门的黄太太；她似乎要避开台面上的某种手和手的举动，把脸一别，可就看见了陶祖泰了。她立即招呼道：

"陶先生,你来打几圈罢。陶太太手气不好。"

"哈哈哈,陶先生固然赶来了!哈哈!"是姓朱的声音。陶祖泰觉得刺耳。

"我们刚打完了四圈,祖泰,你来换我罢!"

黄先生说着就站起身来。

"不行,不行;你是赢家!"又是朱先生的大叫大嚷,他那胖脸上的一对猫头鹰眼睛向陶夫人使个眼风。陶夫人有没有"反应",却因她是背向着厢房门的,陶祖泰看不到。他放下了孩子,就挨到黄先生背后去,一面苦笑着回答。

"我不来,不来;诒年兄不要客气。"

"老朱,"黄诒年微笑说,"那么,你是输家,你歇这么四圈罢?"

"不行,不行;我要翻本!陶太太,你说对不对:不许换人,我们都要翻本!"

陶太太笑了笑,不作声。她随便朝丈夫看了一眼,又随便看了儿子一眼,数着输剩的筹码。儿子跑过来,靠在她身上,她也不去理他。

扳过了座位。朱先生成了陶太太的上家。

孩子得了黄太太给的苹果,早已忘记洋泡泡了。陶祖泰坐在他夫人背后,名为"观场",其实是在"研究"朱先生的眼风。

三

陶祖泰这一份苦恼的操心,在最近一月来早已成了公开的秘密。黄诒年和黄太太最初发现了这现象时,还说"陶祖泰又发了神经病"。背着陶祖泰的面,然而当着陶太太和朱先生跟前,黄诒年夫妇俩还隐隐约约指着这件事当作笑话。黄太太甚至于还替陶太太抱不平:"陶太太,这是不尊重你的人格,岂有此理!封建思想!"

什么是"人格",什么是"封建思想",陶太太不很懂。她读过三年小学,勉强能够看《天宝图》之类的书,自从和陶先生结婚,她也曾依了陶先生的意思看过托尔斯泰,但是一部《复活》从她有了身孕(那是结婚以后第二年的事)那年看起,到现在还没看完;到汉口,是她第一次见大场面,她初来时看见陌生人还要脸红。

然而她爱打牌。坐进了牌局,即使有陌生男人,也就忘记了脸红。何况黄先生是她丈夫的老朋友,而朱先生又是黄先生的朋友;更何况黄太太虽然也不过二十来岁,却好像不是年青人,不是女人,黄先生不在家时,任何男客她都招待,和男客们说说笑笑是常事。

这一些,是陶太太到汉口后看在眼里,而且懂的。所以当黄太太代抱不平时，什么"人格"，什么"封建思想"，陶太太虽然不很懂，可是也曾心里这样想过："真好笑！可不是，黄先生从来不曾那样极，——恶形恶状。"

她不会向丈夫"提抗议"，可是不知不觉中她和朱先生多说笑些，不知不觉中她每逢星期六非到黄先生家里去打牌不可。

但这是一个月以前呢！现在，陶太太自己不觉得自己有什么不同，也不觉得朱先生有什么不同，可是黄诒年夫妇俩却觉得朱先生已经大大不同，而陶太太也有点换样。现在，黄诒年夫妇俩不敢再拿陶祖泰那种苦恼的"操心"，当笑话讲了，他们对于陶祖泰同情。

现在陶太太也更加明白丈夫对自己的用心了，然而她也惯了，不觉得讨厌，也从没愤然叫屈，只"随他去罢"！

她也觉不出朱先生有什么"不妥"。自然，打牌的时候，朱先生常常探出她的"要张"来就放了"铳"。但原是小玩玩，至多是七八块的输赢，要什么紧？因此，有时背着朱先生，黄诒年夫妇俩隐隐约约提到朱先生似乎有点"那个"时，陶太太便认为是朱先生打牌时放了她的缘故。她只觉得姓朱的会凑趣。

现在，刚刚扳到了她坐在朱先生的下首，爱贪小便宜的她便快乐得什么似的。陶祖泰的"苦恼的操心"，她压根儿忘记了。

她和朱先生轮着上下家，这也不是第一次。以前，朱先生第一次用自己的腿去碰碰陶太太的大腿时，陶太太曾经猛吃一惊，但随即她省悟过来，是朱先生提醒她打错了一张牌，她又坦然了，她欢迎这腿碰腿。她等"张"等得心焦时，也常用脚尖去碰朱先生的腿。

这样的"小玩意"，太做惯了，陶太太并不觉得这是"不道德"的，——对于陶祖泰或是黄诒年夫妇。

打牌，或者一半要靠"手气"。下家的"要张"，上家偏偏没有，那也是无可救药的事。一圈牌看看完了，陶太太还是有出无进。她有点焦灼了。朱先生也陪着她发狠。他简直是不想自己和牌了。好好一副牌，乱拆一通。凭这样，陶太太也只"吃进"了两张。黄诒年连连朝朱先生瞅了几眼，手摸着下巴微笑。黄太太更忍不住，故意高声叫道：

"啊哟！朱先生的手真松。陶太太吃饱了！"

"哈哈哈！"朱先生得意地笑着，随手又是一张"万子"。

陶太太又是一吃。陶太太禁不住心头跳了。

"嗨！"黄太太出惊地喊一声，将手里一张牌重重地拍一下，生气似的说，"哼，牌有这样打法！"

陶太太脸红了一下。

黄诒年还是冷幽幽地微笑，却举目望了望陶祖泰，似乎说"你看见么？"

"哈哈哈，"朱先生又怪声笑了起来，"消遣消遣，输赢不大，随便打打算了。——回头到海国春吃饭，我请客！"

陶祖泰什么都看在眼里，听在耳里，尽管他对于麻雀一道不很精明，也心里雪亮了；然而他有什么办法呢？除了坐在一边"受刑罚"？他受不住，然而他又不愿意走。他但愿世界上没有所谓"星期六"，——即使有星期六，学校里也应当禁止教员过江来"逛"。

孩子将那只苹果当作皮球玩。苹果滚到牌桌底下去了，孩子就拉着父亲的衣角。

陶祖泰弯腰去替儿子找"皮球"。他看见那个圆东西自己跑出桌子底下来了，然而也看见一只套着中山装大裤管的腿碰到另一只穿了长统丝袜的脚上。陶祖泰乍见了，心里一怔；但立即以为这是偶然。他有那样的"大量"。他随手去拾那苹果。但也许地板不平，苹果又滚到陶太太坐的椅子底下去了。这时候，陶祖泰猛又看见，而且看得明明白白，一只高跟皮鞋的尖头挑起来，刺到那中山装大裤管上；这确是陶太太的脚！而且高跟皮鞋的尖头忽然被大裤管口的褶叠处带住，摆了几下这才"自由"了。

陶祖泰心头直跳，苹果已经抓在手里，却抬不起身来。他忽然觉得不敢见人，觉得"世界"缩小到容纳他不下。

"哈哈哈！陶太太……"

又是朱先生的怪笑。陶祖泰被笑得浑身都抖了。他没有听得"陶太太"下边是些什么。

然而抖过一阵,他满心满脸都发起烧来了。他挺直了身体,对朱先生瞪大了眼睛,——他的眼光似乎这样说,"我把你这卑劣的……"可是既然人家是"卑劣的",他就又觉得不屑计较,他回过眼光看自己的夫人,他觉出夫人脸上似乎红潮方退,夫人眼光低垂着,他可怜起"这个女人"来了。

打牌的四个人似乎一心在牌上,谁也没有觉察到陶祖泰的异样。陶祖泰松一口气,可是决不定自己应当怎样办,他的眼睛看着人面孔,他的心却顾着桌子底下人的腿和脚。

那一副牌,陶太太仍旧和不出。黄太太洗牌的时候,能够自在的说笑了。陶祖泰手里还捏着那只苹果。虽然孩子已经忘记了这"皮球",陶祖泰仍旧叫他过来给了他。同时,他拖一只凳子摆在他夫人和朱先生中间的桌角,他坐下,两腿直伸出去,在桌子下构成了一道"防线"。

他庆幸他这办法谁也没有觉察到。

另一副牌开始了,"战士"们更加紧张。黄太太每发一牌总是重重一拍。陶祖泰的心却在自己腿上。他的两条腿同时受到了两方面来的触碰。起初,他觉得又气又好笑。但随即他又有了办法;不论哪一方面来碰,他都回它一下。

第二个"四圈"结束，陶太太还是输。她赌气不要打了。朱先生并没输多少，就一定要"请客"。

四

夜里十一点钟，陶祖泰和夫人双双回家了。

海国春吃夜饭，是朱先生请客。吃过饭后，陶太太说起上星期竟没看电影，朱先生又要"作东"。陶祖泰再也耐不住了，便是黄诒年夫妇也觉得朱先生那种"派头"太恶劣，一力赞助陶祖泰的主张：各人自掏腰包。

夜里十一点钟，四邻寂静，连灯光也没有。孩子早已睡了，梦中忽又叫着"买洋泡泡"。陶祖泰和陶太太都像不打算睡了，却又都不说话，陶太太歪身靠在床前的方桌上，陶祖泰在屋里来回踱着。这一对儿，似乎各在坚持：看谁先开口，谁先上床。

陶夫人摆出这样的"阵势"来，这还是第一次，陶先生摸不着头绪，一面踱，一面在猜想。

在海国春时，陶夫人是有说有笑的；提议去看电影因而引起谁请客的争执时，陶夫人也不过偶尔扁扁嘴，还是兴致怪好；到了电影院买票的时候，陶夫人抢先去，——不让陶先生给她买，也不买给陶先生，她只自买了一张，然而那时候还带笑说："各人自会钞，我不客气了！"她还拒绝了朱先生那一贯的"派头"，——抢买一张送她；黄太太倒觉得在买票处当着许多人面前"不能"太给朱先生"下不去"，然而陶太太硬要朱先生退还那多余的一张。

不过一进了场，这位夫人突然不说不笑了，直到看完电影，直到回家以后的现在。

陶祖泰想起了刚走进电影场时谁也没有注意到的小小一幕：朱先生抢步上前自占了一个座位，立即又摸出手巾来在他自己座位旁边的一个空座上掸了几下，嘴里叫着"陶太太"；可是陶祖泰竟不客气把朱先生特地掸过的位子占了，而且也就把自己横在太太和朱先生的中间了；"哦！"陶祖泰想到这里就在心里对自己说，"难道是为此么？料不到，她……会堕落到这地步呢！"

陶祖泰心抖起来了，手掌心有点冷汗；他站住了，看着歪身靠在方桌前的夫人。

脸埋在臂弯里，看不见；极短的，几乎抵触"新生活"的袖子；露出太多的雪白臂膊；头发烫过，其实不烫也够美了；紧裹在身上的时花旗袍，长统丝袜，高跟皮鞋；——陶祖泰忽然像在梦中，心里咕哝道："这，哪里是她；这，哪里是半年前的阿娥！"

半年前，这一切的时装跟陶太太没有缘分。

"但是，也像换一身衣服那么容易，她这人，这心，也换过了么？"陶祖泰继续想。

他走近夫人跟前，静静地看着，又静静地想着。

他觉得平日间夫人是好夫人，只除了星期六；但即使是星期六，即使是今天罢，他觉得夫人的行为与其说是"轻狂"，倒不如说是"爱玩耍"，"爱人家凑趣"，——还有是，"斗气撒娇"。

他伸出手去，轻轻地放在夫人肩上。

夫人就像没有觉到。

他轻轻地摇着夫人的肩胛。

夫人抬起头来了，仰脸看着她的丈夫。似乎诧异她丈夫竟还没在睡，然而她自己的眼里满含着睡意，她的脸上满罩着倦态；她实在累了。

陶祖泰忽然觉得夫人只是可怜，太可怜；他呆呆地站着出神似的朝他夫人瞧。

陶夫人的嘴角动了一下，似乎要笑，但又忍住了。

五

陶太太没有笑出来，却低头去看手表。

"噢，不早了！睡罢！"说着，她就站起来。

但是陶祖泰拦住了，要她仍旧坐下。陶祖泰略侧着头，想得很深远似的柔声说：

"阿娥，你记得么——我那一次的自杀？"

陶太太点头，眼睛睁得大些。

"你知道不知道我——为什么想自杀？"

"啊——你不是讲过了么？嗳……"陶太太回答，眼皮垂下，似乎感到这谈话乏味，但也还耐着。

"那么，你还记得我的话么？"陶祖泰的声音仍旧那么温和。

陶太太摇头，——但也许是不愿继续这样乏味的谈话，所以摇头。

"可惜！你忘记了！"陶祖泰的声音稍稍带些激情了。

"阿哟！你这人……睡罢！"

陶太太又站起身来。但是陶祖泰又拦住了她，一面急忙地说：

"那次我自杀，因为觉得自己能力太小，不能使得亲爱的人有幸福；然而后来我知道错了，我知道我的这副担子并没有人来代我挑，没有我的候补人——我的自杀是逃避，是卑怯！以后我就不让这样卑怯的念头再来了，我努力奋斗，要使我所亲爱的人有幸福！"

"哦！"陶太太不大有兴趣似的应着。

"我不是自私的人，"陶祖泰不似刚才那样急忙了，"有比我好，比我能力强的人，我愿意让他。要是我的亲爱的——人，觉得和我一块儿没有——幸福，我也愿意站开，——就是——自杀；然而要是我认为她的眼光有错误时，我的责任依然存在，我如果逃避，便也是卑怯！"

陶太太睁大了眼睛，望住她的丈夫发怔了；丈夫这一番话，她真真地懂得的，就只有两个字：自杀。她不明白她丈夫为什么无事端端又要说自杀。

陶祖泰却认为夫人已经听懂。而且在"执行自我批评"了；他静静地站着，静静地等候着。

看见陶祖泰再没有话了，陶太太以为丈夫的"神经病"业已告一段落，她打了个呵欠，她真倦了，她站起来就脱衣服。

"阿娥，你冷静地想一想，自然明白；你是随时可以自由的，但我希望你好好儿运用你的自由。据我看来，那个人——"

陶祖泰在这里顿住了，他想不定加"那个人"以怎样的"评语"才切当。陶夫人这时已将长衣卸下，坐在床沿上脱丝袜了。她当真倦极，只想睡觉了，就用了最好的可以关住陶祖泰嘴巴的回答：

"明白，什么都明白；明天我再细细告诉你罢！"

说到最后几个字，陶太太已经滚到床里去了，同时吃吃地笑着。

陶祖泰大大地松一口气,也上了床。然而他没有睡意,他想了一会儿,便又唤他的夫人。可是夫人的回答是呼呼的鼾声。陶祖泰轻轻拉着夫人的臂膊,摇了两摇,夫人"哦"了一声,翻个身,就又呼呼地打鼾了。

"怎么就会睡得着?"陶祖泰纳闷地想。

把他刚才自己"说教"时夫人的神态回忆出来再研究,他在黑暗中摇了好几次头。他和夫人睡在一床,然而他们俩精神上像隔一座山,他痛苦地感到孤独。

他轻轻叹一口气,想着:"随她去罢,随他们去罢!"但是姓朱的那付轻佻浮薄卑劣的形态在他眼前闪动,他脸上发烧。他心里坚决地说:"不能!为了她的幸福,我宁可每个星期六受刑罚!为了我还爱她,我一定要尽我的能力保护她!为了那个人太卑劣,我一定要警戒他!"

陶祖泰想着想着,一面用手轻轻抚着他夫人的身体,好像做母亲的抚拍她的孩子。

六

夹竹桃谢了,石榴花开过,枝头已有极小的石榴了,新荷叶像铜子大小浮在水面;这中间,该有多少个"星期六"呵!而每个"星期六",良善的陶祖泰先生挨着怎样的"刑罚"呵!

黄诒年夫妇知道陶祖泰在挨受"刑罚";甚至于陶祖泰在牌桌底下布置"防线"(即使陶太太和朱先生是"对家"的时候,陶祖泰也要布置"防线"了),也被黄诒年夫妇晓得;黄诒年以为做丈夫做到这个地步,太可怜,黄太太却觉得陶祖泰"思想太不开放"。"女人的爱情发生了变化时,应该任其自然。"——黄太太屡次这样说。

"可是老陶经济上还得太太补贴补贴呢!"黄诒年这样回答自己的太太,便觉得陶祖泰的办法也只有"严加防范"。

没有人知道陶祖泰的"高尚的理想"和"伟大的责任观念",即使有人知道了,也不会理解。

陶祖泰没有朋友可以商量,只好寂寞地负起他的"十字架"。他忍着痛苦,偷偷地侦伺夫人的举动,要看明白夫人的"心"到底变化得怎样了。即使不是"星期六",他也定不下心来。

非"星期六"陶祖泰"下班"回来,夫人要是闲坐在那里,他就坐在夫人对面,夫人从客堂走到卧室,或是到厨房去看一看,他就跟在后面,跟来跟去,像个影子;他极少开口,只是阴幽幽地朝夫人看。

有时夫人和他说东道西,他随口应了几声,忽然又兴奋起来,搬出他的那一套"大道理"来反复"开导"他"所爱的人"了;这一来,便将夫人变成了"哑子"。

这使得陶夫人怕极了"非星期六",怕极了"非星期六"的丈夫下班回家。

陶祖泰从不把"朱先生问题"对陶太太正面提出来,他不愿意正式问他夫人:"你爱不爱姓朱的?"他觉得要是问到了这一句,那么,紧接下去的"行动"便应当是他和夫人离开。要不,那就是天下"最丑恶的生活"。而且他又相信要是他"自私"而和夫人分手便是"害了"他夫人了。

在陶夫人方面,自然也觉得陶祖泰的"病根"是什么。然而陶夫人想想只觉得可笑,她觉得自己待丈夫还是和从前一样;她喜欢和朱先生打牌,和朱先生说说笑笑乃至游玩,这是事实,但这是因为丈夫只会发"神经病",只会对她"演说"。

未到汉口以前,她本来不会想到如果丈夫不能陪她玩,她就可以找别人陪她玩;但半年来她看见"外场通行如此",她就相信她也犯不着太"乡下气"。

她生来是个"极随和"、"极会享福"的性格;除了打牌,她从来不多用脑筋,除了打牌,她也从来不知道"使心计"。陶祖泰最初爱上她的(而且现在还是一样),就是她这"特点";然而现在使得陶祖泰"苦恼"的,也是她这"特点"。

七

有一天是星期五，天黑了，陶祖泰破例还没回家。

陶夫人和孩子等这位年青的家主回来吃夜饭，等得闷了，陶夫人替孩子折纸人纸马玩。

忽然陶祖泰垂头丧气进来了。陶夫人一见他，就吃惊叫道：

"怎么？你像只落汤鸡！天又没下雨！"

陶祖泰摇着头，朝屋子里四面看了一眼，似乎不认识这屋子了，然后低声说：

"你去付了车钱罢。我坐车子来的！"

陶太太付过了车钱回来，看见陶祖泰仍是那样当路站着，但是弯着腰，抱住了孩子，——似乎抱得太紧了，孩子害怕地在哇哇地叫。

"啊哟——"陶太太也惊叫了，"你！——还不赶快去换衣服！宝宝也被你弄成个湿人了！"

陶祖泰这才放开了孩子，挺起腰来，阴凄凄地望望夫人，又看看孩子，然后懒懒地上楼去了。

孩子走到母亲身边。陶太太用手在孩子身上摸了一把，皱着眉头自言自语道："无事端端又发神经病。算什么？"说着，顺手拿起一只纸马，套在食指尖上。

孩子头发上有几点水珠,——也许是从父亲头上滴下来的,映着灯光发亮。

陶祖泰换好衣服时,夜饭也摆出来了。陶祖泰的脸色并无异样,不过比平时苍白些,他只管低头吃饭,但忽然停了筷,呆怔怔地朝夫人看着;夫人先时让他看着,只装不觉得,可是随即别过脸去,扑嗤地笑了一下。

这样别转过脸去的姿势,这样脆声的笑,陶祖泰从前是感到十二分受用的,但此时他忽然掉了两滴眼泪。他也别转脸去,可是刚刚看见了孩子头发上那几点发亮的水珠,他随手把这几点水珠拂去,同时又吞吞吐吐说道:

"阿娥,今天,我又——几乎自杀了。"

"呵!"陶太太喊一声,但是"吃惊"的成份少,"恍然"的成份多。现在是陶太太怔怔地看着她的丈夫了。

"想想明天又是星期六,——呃,星期六,我就——觉得,没有再生活下去——的勇气了,没有再尽我的——责任的勇气了。真难受——的刑罚!"

陶祖泰低了头说,像犯人招供;他顿了一顿,仰起脸来看着他夫人,又接下去道:

"轨道上碾死,太可怕;——我——走到江边。我——走下水去。可是,可是,水齐到我腰眼,我又觉悟到——现在——现在还不是我卸担子的日子,我喊救命,——心慌得腿也软了。以后就坐车回来了。"

他摇摇头,又苦笑了一下。

"呵——唷!"陶太太尖声喊着,丢下碗筷,立起身来就往外跑。

这到出于意外,陶祖泰也惊呼着站了起来,但是孩子死命揪住了他,放声大哭,孩子以为爸爸和妈妈要打架。

陶祖泰急得想抱了孩子去追夫人,但是也不知道是孩子赖着不肯动呢,还是他心慌手软,竟抱不起来了。他只好拥着孩子,叹气顿足。

然而有人从外来了,是黄诒年夫妇,后边跟着陶太太。

"怎么了?老陶!"黄诒年急忙地问。

"没有什么。"陶祖泰有气没力回答。

"你太太说你自杀了!"黄太太的声音。

"没有呀。"神气像要躲赖。"我不过是——我说今天几乎自杀罢了。"

孩子从父亲手里挣扎出来,跑去揪住了母亲的衣角。

黄诒年看见陶祖泰确实是好好的,便想走了,但是没有开过口的陶太太忽然叫道:

"不要走!我怕!黄太太,我怕!我睡着了打也打不醒,你想想,天亮我醒来看见他死在旁边,我怕!不要走,黄太太!"

黄诒年夫妇都转脸钉住了陶祖泰看,可是陶祖泰只摇着头说了一句:

"哎,真弄不明白!"

黄太太安慰陶太太,黄诒年对陶祖泰说:

"老陶,你这人,我真不懂。"

"哈!"陶祖泰怪笑了一声,然后轻声地好像自己问自己:"懂人,人懂,自己懂,越想也许越难罢?"

八

那天晚上过了十点钟,黄诒年夫妇方才离开陶家。陶祖泰夫妇殷勤送客,直到大门外。这时的陶祖泰完全和平时一样,谁也不能相信四小时前他"几乎自杀";这时的陶祖泰和陶夫人谁也不敢说他们不是一对快乐和气的青年夫妻。

大约十点半钟,陶家灯火全熄。

第二天,陶祖泰依旧去办公,只不过迟了半个钟点。一夜睡过,似乎什么全扔在梦乡里了。

陶夫人偶尔也还因为黄太太的关心的探问而记起那晚上的事,但仿佛已经隔了十多年。

然而除了星期六,陶夫人更觉得度日如年了。陶祖泰"下班"时间是下午六点，回家路上大概得有二十分钟，要是到了六点三刻还不见陶先生回来，陶夫人就会感到恐怖。有时她的眼前竟会幻现出一个血淋淋被火车轮子碾成几段的尸体，或是一口湿漉漉像从水里捞起来的白木棺材。

那时她一阵急剧的心跳，幻象便消失了，她揉一下眼睛，手托着下巴，也会暂时正正经经运用她那素来不用的脑筋："要是当真做起来，可怎么办？买衣衾，买棺材，收殓，——这些我都弄不来！真讨厌真麻烦死了！还有，我得带了宝宝回上海，也不得不带棺材回上海，这些事，我都不会弄呵！"

于是她的恐怖便变成了焦躁，她会想起平常不大想到的母亲来："要是妈在这里，就好了。什么都有她去办！"从母亲，她也会想到娘家其他的"亲人"，于是一位堂房侄儿，十七八岁的中学生，在武昌一个教会学校，平日简直不往来的，也被她想了起来。

可是大门响了，陶祖泰慢吞吞踱进来了，绝对不是血淋淋，连衣服也没湿，陶太太的"恐怖"和"焦躁"也便消散，好像已经隔了十多年。

到第二天的六点多钟，这些"恐怖"和"焦躁"依旧要来一遍，然而来势似乎弱些了；因为多过一天就是和"星期六"更近一天。星期六有牌打，有朱先生，太热闹了，"恐怖"和"焦躁"自然不来。

陶祖泰最怕的是星期六,但是他夫人最怕的是星期一。星期日是这一对夫妇心理上的分水岭。

陶太太从不把自己的"恐怖"和"焦躁"对丈夫说。一则,她不是会"抒情"的女性,二则,少说话是她的天性,何况因此会引起丈夫的滔滔演说更是她所害怕。陶祖泰呢,除了向夫人"说教"便不会用家常闲谈来刺探夫人的心曲。他是时时刻刻在"研究"他的夫人,然而他绝对不用嘴巴,他只用眼睛。他绝对信任自己的眼睛。

吃过夜饭,睡觉以前,是陶祖泰聚精会神运用眼力的时间。不知他根据哪一派的心理学说,他认为一个女人如果有了"心事",一定要在每一天这一个时间内流露出来。然而陶太太居然不怕他看。她自己决不先睡,也不催促陶先生睡。她见丈夫不开口,她也守沉默。她很文静地整理她最得意的新衣服,或者把新近学样买来的一套睡衣试穿了重复脱下摺起来(她似乎舍不得穿掉),都做过了,坐下来,她便连连打呵欠。

在她动动这,弄弄那的时候,陶祖泰的眼光总是跟住她的。有时两人的眼光相遇了,陶太太往往像要躲避大人的小孩子给"发见"了似的,会发出脆声的一笑。但是往往因她这一笑,会打开了陶祖泰的"话匣子",滔滔不断地"演说"起来,——她最怕这一套，因而她除非真真忍不住是不笑的。

不得不听陶祖泰的"演说"时，她也能很耐心很和顺地听着。可是不到五分钟，她就打瞌睡了。有一次，陶祖泰摇着她的肩胛，硬不让她打瞌睡，硬要问她：

"人活在世界上到底为了什么？"

"啊哟！我不知道，我从来不想，……"陶太太哀求似的说。"我倦得很，只想睡呀。"

"说了就睡觉。"陶祖泰异常固执，像六年前逼着夫人读那部《复活》。

"那——么，"陶太太曼声说着，头一低，又像要打瞌睡了，然而猛然扬起脸来，她又接下去，"说得对不对，你明天再批评罢：人活在世界上，有得吃时吃一点，有得穿时穿一点，疲倦了睡觉，闲了玩玩，犯不着多用心，管东管西。"

"这样说来，你没有欲望，——没有什么东西你一定要，没有什么事情你一定要做么？"

陶祖泰郑重地问道，不转眼的看着夫人的脸。

夫人似乎也颇郑重地想了一想，慢慢地摇着头，但又扑嗤地一笑说：

"那要看是什么时候呀！譬如打牌的时候，我要和，要赢钱！此刻，我只要睡觉！"

"哦——"陶祖泰倒弄得无话可说了。

九

陶太太"一定要怎样"时,确是"要看是什么时候"的。暑假到了,她忽然要"怎样"起来。

一天,不是星期六,忽然那位远房侄儿来了,说是学校放暑假,三两天后他回上海;这话从陶太太的东耳朵管进去,马上走西耳朵管出来了。

侄儿还没走,不料又来一个客,是朱先生。

每逢星期六朱先生过江来,极早也得六点半,所以总是先到黄家。三四个月来,朱先生来陶家"拜访",这还是第二次呢。

朱先生看见有客,似乎有点扫兴,但寒暄几句以后,他又兴高采烈地说道:

"巧极了,陶太太,令侄也在,黄太太想来也没出门,刚刚四个人,去打几圈。"

"我不会。"侄儿推托。

"什么话!年纪青青,没有个不会叉麻雀的!"

朱先生大声叫着,拉住了那位侄儿的臂膊。

陶太太带笑问她侄儿道:"当真不会么?"

"我没有本钱。"

迟疑了一下,侄儿这才红着脸回答。

"呵呵哈!笑话!怕什么!本钱你姑妈有!"

朱先生的声音大概街上都听得。

那时至多三点钟,等到陶祖泰"下班"回家急忙赶到黄家时,八圈牌已经打过了。陶太太赢进了一些,刚刚抵过侄儿的输出。

牌局解散,大家闲谈;朱先生说起学校放假,过几天他就要回家乡去——在沪杭路一带。

陶太太听了,心里好像一跳;她纳闷地想道:"怎么都要放暑假的!"

那天晚上,远房侄儿在陶家吃饭。陶太太听着丈夫和侄儿谈着"船票买了没有"那样的话,忽然心里又一跳。从不计算"明天如何"的她忽然也计算起来了。她觉得从此她的日子要变成天天是星期一;朱先生也是三四天后就要走的。

她立即说:"我也要回上海去看看妈!"

"哦!"陶祖泰随便应一声,过一会也就忘记。

但是第二天陶太太就去买了许多东西,都是带回上海去的。陶祖泰"下班"回来,看见夫人和孩子正在一样一样打开来重新包过。

"哪里来的——这些东西?"

陶祖泰随便问一句，便像疲倦极了瘫在一张椅子里。

"买的。"陶太太笑着说，又指着一只小巧的白铜水烟袋，"这是给妈妈的，……"

"零件太多了，恐怕你的侄儿不便带呢！"

"我自己带去。"

陶太太像孩子似的笑起来了，她觉得丈夫真"好玩"，老是像在那里做梦。

"怎么？你要回去？"陶祖泰这才感到意外，从椅子上直立了起来。

"哈哈，不是昨晚上我说过么？"陶太太抿住了嘴笑着。

"爸爸，糊涂。妈妈和宝宝回去。"孩子也拍着手叫着。

陶祖泰却毫无笑意。他懒懒地坐下了，不说话了，瞪大了眼睛看着夫人和孩子。他觉得夫人这次兀突的举动颇可"研究"。可不是，朱先生也要回去？然而夫人的侄儿也要回去，自然一路走了，那又似乎并无"可疑"。

陶太太一边包扎东西，一边说："买船票，我弄不来，要你去。宝宝是不用票的。"

"呵——哎！"陶祖泰从沉思中惊醒。"船票么？我没有钱。月底发薪水，还有十来天呢！你呢？"

"买了东西，——让我算算，噢。路上零用是够的。"

"那么，只好等到月底。"

"东西都买好了，——又要等到月底！"

陶太太很扫兴似的说，便停止了手里的包扎工作。

"不过，恐怕你的侄儿等不到那么久。"陶祖泰沉吟了一会儿说，他忽然又在"研究"到底是让夫人回去好呢，还是不让她回去。他的"研究"还没结果，不料夫人忽又高兴起来，说道：

"不要紧。他等不及，让他先走。朱先生不定哪天走，要他多等几天想来会答应的。"

陶祖泰瞪直了眼睛对他夫人看，立即怀疑到夫人和朱先生之间早有预定的计划；并且他又猜想这一切大概全是朱先生出的主意。他觉得夫人太可怜而姓朱的太可恶，他摇着头，叹一口气，低声然而坚决的说：

"不！还是同你侄儿一路走。船票钱，我去试试，预支薪水。"

十

预支薪水不成功，第二天下午四点钟陶祖泰请假离开办公厅打算找黄诒年借钱。他先到黄家，不料扑一个空，连黄太太也不在。他没精打采回到自己家里，刚好他前脚进门，跟屁股就来了他的夫人和孩子。

"好了，船票也买好了，今晚上八点钟上船。"

陶太太满面春风报告她丈夫。

孩子走到父亲跟前，从袋袋里掏出满握的糖果来，仰着脸说：

"爸爸，糖！朱先生买，宝宝的！"

陶祖泰满心糊涂，只觉得眼前的东西都在打旋，但是当他知道船票是朱先生代买的，——朱先生来过，而且请陶太太和孩子出去逛了一会儿，而且陶太太的侄儿也是今晚上同一条船走，陶祖泰明白了，也心定了，同时又一次断定了朱先生实在太可恶。

陶太太拿出船票来给丈夫看，是二十号官舱。

晚上八点钟得上船，陶太太便忙着收拾行李去了。

陶祖泰失神似的坐一会踱一会，苦心地"研究"这突然变化的形势。他愈"研究"愈断定朱先生居心不可测：是朱先生来"拜访"，是朱先生探得陶太太还没买船票就自告"奋勇"，——然而幸得还有陶太太的侄儿。陶祖泰觉得自己是在茫茫大海中，唯一的"靠傍"是这位十七八岁的中学生。

六点钟光景，黄诒年夫妇来了。听说陶太太和朱先生一起走，这一对陶祖泰的朋友也似乎一怔。但又知道还有陶太太的侄儿，黄诒年和他夫人对看了一眼，便又微笑。

黄诒年夫妇请陶祖泰夫妇吃过了夜饭，已经快将八点钟。黄诒年送上船去。

找到了二十号官舱,不料里头先有一个男人,胖胖的面孔,正是朱先生。

陶祖泰赶快再看房门上的铜牌,明明是二十号。他手指尖都冷了,说不出话来。黄诒年也是满面诧异,偷眼看陶太太,可是陶太太的神色却和平常一样。

"没有空房间了。"朱先生一脸正经地说。

"老朱!"黄诒年走前一步,"船票是你经手买的,你不该……"

"没有房间了,叫我有什么办法!"朱先生板起脸回答。

黄诒年回过脸来找陶祖泰,却好遇着陶太太的眼光朝他这边看,他就问道:

"陶太太,你——觉得怎样?"

"什么?哦,随便。"陶太太的声音和脸色都跟平常一样。

孩子吵着要看"大兵船"。陶太太就带着孩子走到舱外去了。

这当儿,陶太太的侄儿从人丛里挤过来了。陶祖泰抢上去一把拉住他,就问道:

"你的是几号?"

"我是坐统舱的。"

"嘿！"陶祖泰摇摇头，忽然腿软起来，便坐在陶太太的行李上，瞪直了眼睛朝二十号官舱的铜牌看。

黄诒年瞧着情形有点僵，只好来硬做主了；他找了船里茶房来问，知道还有三十四号官舱空着，他就叫茶房把陶太太的行李搬到三十四号去。但是陶祖泰坐在那里不动，却要陶太太的侄儿从统舱换到二十号官舱来。

"哼！那不是笑话了？我——不乐意，干么我不能舒舒服服一个人一间房？"

朱先生虎起脸嚷着，站到房门口，两手又在腰间，好像防备人家冲进去。

陶祖泰装做没听见，没看见，只管催促着那位侄儿。

"钱呢？官舱是官舱的价钱。"侄儿轻声说。

提到钱，陶祖泰呆了呆，他哪里来的钱，他太太的船票还是人家代付的。可是他焦躁地叫道：

"不论如何，你先去搬上来！"

黄诒年觉得陶祖泰这一着也太"落了痕迹"，可是陶祖泰"有神经病"，黄诒年就不能不格外同情于他了。把朱先生推进了房里去，黄诒年半劝半责备地很说了几句。这时陶祖泰也已经逼着那位侄儿将行李搬了进来。

朱先生横着眼睛只是冷笑。

看着侄儿把铺盖摊好,陶祖泰方才放心,可就想起了钱。他悄悄地对黄诒年说了。黄诒年一摸口袋,糟糕,他也就剩几毛零钱,他苦笑着说:"你太太身旁总还有,回头让他们自己解决。"

锣声从外边响了来。这是报告船就要起锚了。

陶太太和孩子也来了。陶祖泰一面请侄儿帮忙,将太太的行李弄到三十四号,一面叫太太去:

"你换到这边了。清静点。"

陶太太朝三十四号房里望了一眼,点点头还是只说了两个字:"随便。"

十一

陶太太回去后隔了十多天,才来了一封平安家书。蚯蚓般数十个字,除了"大小平安"而外,陶祖泰毫无所得。陶祖泰却回复了一封"蝇头细楷"的长信,信中重申他的不能放弃"责任",——要保护他所亲爱的人到底,"俾不致有危险",然而假使有比他更好更忠实能力更强的"候补者",那他也很满意"从这世界上消灭","敬避贤路"。这封信花了陶祖泰两个黄昏。

这封信,陶太太一定收到,因为是挂号寄的。

这封信，一定也发生了效果，——跟平日陶祖泰对夫人"演说"时同样的效果：打瞌睡。从此陶太太方面连蚯蚓般的几十个字也不来了。

陶祖泰又写信给太太那位侄儿。这不是"演说"了，也不长，然而实足是一张"问题表"。

一星期内，侄儿的回信就来了，也不长。然而对于陶祖泰所提出的主要问题竟"搁置不答"。

陶祖泰再去一信，除重申前请外，又提了个"新问题"："令姑母近来作何消遣？"

回信也是一星期内就来了。对于陶祖泰第一信中的主要问题却玩起"外交词令"来了："一言难尽，容后面详。"至于"令姑母近来的消遣"呢，则据称因为有"搭子"，不过在家打打小牌。

研究过了侄儿的"外交词令"和"据称"以后，陶祖泰不满意，再去了第三封信，其实也不长，不料太太这位侄儿竟也学"令姑母"的样来：他从此也"打瞌睡"了。

正当陶祖泰忙于写信和"研究"的时候，他所服务的机关里有一点小到并不惹起注意的变化：陶祖泰的上司科长"升迁"去了，新调来的科长说过了"诸位安心供职，以资熟手"的训词以后，第五天上，就实行"人事"整理。陶祖泰跟在众同事的后面,在"欢送"前科长与"欢迎"新科长的两次公宴时,派到过两次"寿"字号的份子。但是现在他的所得却是"停薪留职,另候任用"。

这时候,荷花已经开残,有了小莲蓬儿了。

要是太太不曾回去,陶祖泰虽然停了薪,原也不妨"候"一下。丈夫的钱袋干瘪时,太太的钱袋会"开放"一下,这已是历试不爽。但现在却隔离得太远,还是趁手头尚有路费时奔赴太太,在"岳家"静"候"罢。

和黄诒年一度商量以后,陶祖泰便也悠然东下。也是一张统舱票。

船到南京时,陶祖泰忽然灵机一动,便上了岸。他要找一位在南京有事的好朋友,他有许多事要商量:职业问题,太太的最近"倾向",而最要紧的是他自己的如何"负责到底"。

不幸那位朋友"奉公差遣"去了。陶祖泰一算,要是在南京住旅馆等候,钱就不够,只好趁火车先回上海。

到"家"时正值黄昏。一进门就听得牌响。在汉口受过的牌桌旁的"刑罚"一下子都回忆起来了。陶祖泰几乎想倒退出去。他硬着头皮走进去,电灯光刺得他眼睛发花。有人唤他的名字,听声音知道是岳母;有人拉他的手,从感觉上知道是自己的孩子。他的心似乎温暖了一些,眼睛也看得明白了;坐在他"岳母"对面的,正是他的夫人,另外两位不认识,然而——都是女客。

陶祖泰完全定心了,听得太太问他"怎么你来了",就口齿分明地回答道:

"临走前我寄你一封信,没有收到么?"

太太似乎一怔,但随即"哦"了一声,脸红红的笑了一笑;忽然她急口说:"六筒么?碰,碰!"

陶祖泰那封临走前发的信,昨天下午到了陶太太手里,但可惜这信又是长了一点,陶太太拿到手里就打呵欠,竟没有读完,后来就忘记了。

陶祖泰认为此信还没有送到,就说:

"局里换了新科长……我没有事了……想想……还是回来了……另外设法……"

觉得似乎只有岳母大人在用了半只耳朵听他,陶祖泰也就不说下去了。陶祖泰每次"有事"的期间,至多八个月,他的岳母和太太早已看惯了。

体谅着姑爷路上辛苦,老太太提议再打八圈就散局。

陶祖泰觉得夫人跟从前一样文静,慢条斯理,少说话,有时抿嘴笑笑。不过好像胖一点,脱去长衣后尤其显得胖了,尤其是腹部。

夫人接待陶祖泰的态度一切都好。

十二

第二天上午,陶祖泰去拜望夫人那位远房侄儿。"一言难尽"的内容到底"面详"了;侄儿吞吞吐吐说:

"那天你们走后,……茶房就来要我——补买官舱票,……补买票啦,我,我找姑母;姑母,打开钱袋……一算不够……

"嗯,不够……"陶祖泰的眼光钉住了侄儿的嘴巴,呼吸急促。

"不够啦……嗳嗳——问朱先生,……朱先生也说没有,……没有啦,我,——我没有法子,只好,只好搬回统舱……"

"你姑母呢?"陶祖泰透不过气来似的问。

"姑母,姑母,——那时,姑母在三十四号。"侄儿低下头去,避过了陶祖泰的尖针似的眼光。

陶祖泰松一口气,两手搓着:

"后来呢?"

"后来,后来么?我不大明白。我在统舱。"

"你不必瞒我!"陶祖泰的呼吸又急促了。

"好像,……好像,姑母……又搬回……二十号。"

陶祖泰的眼皮一跳，看出来的东西就都有一圈晕了；他心里还是清楚的，有许多问句在那里涌腾，然而心尖上似乎有一缕又丑又冷的东西冲到他脸上，他的嘴唇发抖了，说不来话。

略略抖得好些时，他像自己作不来主似的连连说"没有什么，没有什么"，就离开了那位侄儿。

他在街头游魂似的走着。侄儿那些话，倒好像忘记了，他心头一起一落的，只是两个老观念："逃避"呢，还是"负责到底"？他不自觉地兜了许多圈子，但也许因为脚下的习惯，终于不自觉地走到了"家"。

这已是午后一点多了，"家"里静悄悄，老太太，夫人，孩子，都在困中觉。正是一天里最热的时候，陶祖泰的大衫黏在背脊上，可是他的手指尖却冰冰冷。

他游魂似的飘到夫人跟前，看见了侧身朝里睡着的夫人，他忽然像醒了；侄儿说的话一句句都记得，尤其糟的，他也记起了昨晚上夫人很好的接待他。

这两种回忆夹在一起，他又抖起来了，他害怕，他觉得夫人是个大魔术家，他不敢用手去碰夫人的身体了，可是他的脚像钉住了在那里离不开，他又打定主意，不能不有几句话。他只好唤他夫人醒来。

陶太太翻身朝外，没有张开眼睛，嘴里却是"唔唔"地应着。

"起来！有几句话！"陶祖泰说，把全身力量都提到舌头和嘴唇上。

"呵——噢——"陶太太又应着，眼睛张开了一半，乍觉得丈夫的神气古怪，便扑嗤地一笑，可是笑亦只笑了一半，她就辨出丈夫的神气古怪中有可怕，她的眼睛就睁得大大的了。她迟疑地问：

"你吃过饭了么？"

"问你：怎么你又搬回二十号？"

陶祖泰这一问和太太那一问是同时出来的，太太显然没有听清，只觉得丈夫的嗓子逼得太尖，尖到刺耳朵。她怔怔地望着她丈夫。

"你回来的时候，为什么——为什么又搬到二十号官舱？"

"哦——哦——"太太爬起来，脚尖勾着拖鞋，"那个么？……嗳嗨，后来，后来，快开船了，那个三十——四号官舱，也有男客住进来，狠狠怕怕，像军界，……我一想，到底朱先生是熟人，就搬回去了。"

陶太太说着后半那几句时，一边喝着茶，虽然陶祖泰的两条阴森森的眼光一秒也没有离开她的面孔，然而她的脸色竟还和平常一样。

她的确没有撒谎,而且她也觉得"搬回二十号"不算怎么一回事,到家以后,早就忘了。

陶先生倒没有了主意了。他坐下了,低着头忖量该不该再问,譬如——"你和姓朱的同在一房做些什么?"可是要问到这些,陶祖泰就不是陶祖泰了。太太呢,还是照常文静陪坐在一边,不说话。

终于得了一个主意,陶祖泰轻轻叹口气,正想从"本来呢,轮船里单身女人和单身男客合一间房也不算什么,只是姓朱的为人……"这么开头,不料楼下忽然叫起"阿娥姐"来了,并且豁剌剌一片牌响,陶太太应一声,不慌不忙看了丈夫一眼,似笑非笑地嘴角一动,就翩然走了。

十三

楼下是牌响,楼上是陶祖泰踱方步的脚步响。他已经踱了一圈牌的时光了。他所"研究"的,还是没有结论。

忽然他的孩子轻手轻脚进来了。陶祖泰朝孩子看了一会儿,就蹲下身去,拥着孩子轻声问道:

"宝宝,乖些,同爸爸说——朱先生,和宝宝,妈妈,同船的,朱先生,来过么?"

孩子歪着头,摇摇头,却又说:"来过。"

"什么时候来的？"

"下半天。"

"咳，不是，——哪一天来的？"

孩子摇头了，但小眼睛转了几转，忽然拉着陶祖泰走到窗前的方桌边，指着桌子上一只玩旧了的绒布老虎说："老虎，外婆还没买给宝宝。"

"朱先生来了打牌么？"

"不打。"

这一回答，出乎陶祖泰的意外，他技穷了，正想换一方面问，譬如——"妈妈和朱先生在船上做什么？"可是孩子倒自动的说起来了：

"妈妈拿洋钱还朱先生，朱先生不要……"

"嗯，妈妈就不还了罢？"

"妈妈也不要。钱放在茶几上。……"

"哦？"

"后来，朱先生拿了，朱先生请妈妈去看戏。"

"呵呵，——外婆去么？"

"外婆不在家。"

"哦——宝宝去么？"

孩子摇摇头。陶祖泰心跳了，一时有许多问句塞在喉咙口，

倒说不出来了。孩子爬上一张凳子,要取那绒布老虎。陶祖泰顺手拿给孩子,便又问:

"妈妈去看戏,几时回来?"

孩子正玩着老虎,不回答,但到底像又记得了,转过身去,指着他自己的小床说:

"宝宝睡了,妈妈来,宝宝醒了,妈妈给宝宝一粒洋糖。"

陶祖泰的心抖得有点痛了,闭了眼睛,暂时没有话。再张开眼睛,孩子已经走了,陶祖泰瞪直了眼睛,朝房里四处瞧。他无目的地动着桌子上的什物,无目的地抽开一只抽屉,又拍的关上了;抽开又关上,好几次,忽然一个呼声惊醒了他:

"啊哟!你——闷在楼上不热么?到底下去罢!"

这是陶太太。这回陶太太的声音有点异样。但是陶祖泰没有注意,太太拉他,他就跟着下去了。

楼下的"战友",除了老太太,还是昨天那两位不认识的女客。陶太太忽然一定要丈夫代几副,陶先生一定不肯,就坐在太太身后,跟在汉口时一样。

陶太太本来是输的,现在却转了"风"了。她兴高采烈起来了。坐在她背后的陶祖泰独自胡思乱想,忽然乱丝中跳出个丝头来:"太太从没要他代打牌,刚才要他代,那不是怪?"而且太太打牌正吃紧,偏又巴巴地上楼来拉他下去"散闷",也是怪?

这两个"怪"使得陶祖泰若有所悟，就坐不住了。他悄悄地踅到楼上，悄悄地有目的地开抽屉开衣橱了。

他在床前"夜壶箱"的抽屉里看见了自己那封长信和另一封也是自己的不大长的信。他又看见几封久远的旧信，都是朋友写给自己的。他正要将抽屉关上，眼光在那封长信的封皮上无意地一瞥，忽然忆起在汉口时写这封长信时的心情来了。这信是他的"得意之作"，虽然只能使太太打瞌睡。他惘然拈起这厚重的封套来，惘然抽出信来了。然而猛吃一惊，他看见竟不是他的笔迹。再一看，他的长信也在，可是另外多了一封信，也颇长。

他刚看了开头的称呼，心就别别地跳。他来不及似的一目扫下去，他头上像加了个紧箍；最后，他一仰身就倒在床上，咬着牙齿挣扎出一句话："有那样的无耻，丑恶！"

现在他终于明白了：不但明白了太太和朱先生在船上做些什么，也明白了宝宝说的朱先生请太太去看戏，实在是做什么，宝宝醒来看见妈妈时实在天已经亮了；不过他也明白自这一次后朱先生就不在上海——回他自己的家乡去了。

陶祖泰迷乱痛苦了一会儿，倒反定心了些。现在他的情绪单纯化了：他恨自己的太太和朱先生；他也鄙视自己的太太和朱先生！

终于又变成了只有鄙视。"不要脸！这样的信也写得下！"

他想,"顶淫的淫书也不过如此!不要脸!想不到她会做那些丑态,我从没见过她会那样——下作!"

他大彻大悟地对自己赌咒:"不值得,不值得我的操心,我的保护!算了,一身无牵无挂了!"

他坐起来,瞪着眼直视,好像要最后一次认识这房,这一切家俱和什么。陶太太忽然悄悄地掩进来了。她的眼光立刻钉住了陶祖泰手里那封信,这时她脸上略红了一下。她嘴里响了一声,似乎是叹气,就坐在一张椅子里,低着头,好像一个低能的小学生等候老师责罚。

陶祖泰好像全身的血都涌到眼里了,他钉住了夫人看,他料不到夫人只这样坐着不作声,他想骂,但骂出口来时却竟单单骂了朱先生:

"简直是流氓,拆白党,畜生,狗……"

奇怪的是陶太太对于这样的恶骂竟毫无感应,好像被骂的人她压根儿就没认识。

陶祖泰走近他夫人一步,好像恨又好像怜悯似的说:

"在汉口的时候,我怎样说过来?我怎样为你打算?可是你半点口风也不露!你骗我,你骗了我半年了!"

"呵——呵!"陶太太忽然站起来,"在汉口,不骗你。嗳,嗳,我像做了一个梦,我像做了梦。"

因为是侧面，陶祖泰此时猛然看清了昨晚乍到时他所觉得太太的胖一些实在只是小腹隆起，是身孕。他像受了一针似的打个冷噤就指着太太的肚子冷笑说：

"这就是凭据。还说不骗呢！这不是我的，不是我的！"

他转身就走。他听得太太叫道，"是你的，是你的！"他听得一声响，他忍不住回头一看，太太伏在桌子上在哭了。他脚下停住了。但是又一转念到底一直走了。

十四

陶祖泰从岳家走出，并没有一定的计划，也无处可去。在他认为只有"姓朱的"居心不良而自己的"亲爱的"尚属洁白的时候，他以"保护"太太"负责到底"为壁垒，颇可安心在太太家里住下去。可是发现了"姓朱的"长信，他觉得没有理由再挑这副"担子"了。

他的心里安静了些，然而肚子却吵闹起来，于是信步走进了一家小馆子。

一边等饭菜，一边又摸出"姓朱的"那封信来看。经过创伤的人忍不住要去摸摸伤疤，陶祖泰此时也是这种心理。

看到一半多，他鄙夷地摇摇头，就把信折起来，却好饭菜也来了，他就吃饭。"想不到，有那样下作！"——他嚼着饭，心里说。当然，他和夫人的同居生活虽非古圣贤那么文雅，可绝不像"姓朱的"信上描绘得那么不堪。

他再看那信了，这一次的心理是要看明白"这一双狗男女"到底有多么丑恶。他一边吃饭，一边慢慢地看。然而这一次那信上的描绘却"欧化"起来，一边是主动，又一边是被动；"她倒好像中了催眠术！"——陶祖泰心里飘过了这样一个意思。这一次，他这才"发见"信纸反面也有字，寥寥数行，可是他看了就又心跳了。手里挟了筷子扶着头，他想着："难道她那时真在被催眠状态么？不然，岂有发生了关系以后就把那人完全忘记了？"

陶祖泰的"平静"的心忽又扰乱起来。"新发见"要求他把"当面的整个形势"重新估量了。

"嗯！"他不了了之，把"姓朱的"那封信收进封套，顺手却把他自己那封长信抽了出来。他读自己这"得意之作"了，他一边读，一边又心跳起来，这里句句话都像是另一人在"教训"他自己！"伟大精神"的人，常常会宽恕人的，——即使是已经犯罪的人。而况犯罪者是被动，是在催眠状态。

"只是姓朱的实在可恶！"陶祖泰反复这样想，心像一个钟摆。

饭吃完了。他对着空碗碟出神。堂倌送过账单来，陶祖泰依然对着空碗空碟子出神。堂倌又来把空碗空碟子收去了。陶祖泰就对着油腻的桌面出神。堂倌站在面前不走了。陶祖泰这才省悟过来是在饭店。他看着账单,同时把口袋里的钱一古脑儿掏出来。他机械地本能地把手里的角票和铜子拼凑成账单上那个数目,就走出了饭店。

无意地看了看手里仅存的几毛钱,他兴奋地对自己说:"是姓朱的可恶!我的责任不能卸,我还是保护她,免得有更进一步的危险!"

于是走了回"家"的路。但经过一爿小照相馆时,他忽然灵机一动,走进去把"姓朱的"那封信拍了照。当照相师看着那封信做个鬼脸,又朝陶祖泰笑了一笑时,陶祖泰又懊悔不该多此一举,并且觉得这个照相师侮辱了他,也侮辱了他的夫人。然而已经拿出来,不拍也是不必要了。

从照相馆出来,陶祖泰已是不名一钱。他为什么要把那信拍照,自己也不明白;他总觉得不能不留个底。

回到"家"时,太阳正落山。"家"里意外地寂静。老太太在楼下哄着外孙,告诉陶祖泰:"阿娥姐身上不大舒服。"

陶祖泰觉得这话听在耳朵里怪受用。他看见夫人果然在床上,可是脸的神色仍跟平常一样。

"唉!"一见了丈夫,陶太太吐出这么个声音来,似乎是惊异,又似乎是放心了,然而也好像有点慌。

陶祖泰一声不响,走到夫人跟前,就从口袋里取出拍过照的那封信,放在夫人手边。

陶太太乍不知是什么东西,手一抖,看明白了原来是那封信时,拿起来就一条一条撕碎。撕到最后一条,陶太太轻声说:

"不骗你……,是你的……是你的。"

陶祖泰知道夫人这话是指的什么,心里忽然又酸痛起来,可是摇了摇头,只回答道:"算了吧!……"

"嗳,哟!真不骗你……"陶夫人坐了起来,"是你跳长江没死那夜有了的!"陶夫人忽然掉下眼泪来。

陶祖泰好像迟疑了一会儿,然后走近夫人一步,极低的声音颤抖着问道:

"那么……船上……船上是……第……第一次?……"

"呵!我像做了一个梦,一个梦……"

"哦……梦……"陶祖泰忽然也掉下眼泪来。

(原载1936年10月1日、11月1日《文学》第7卷第4、5号)

手的故事

一

猴子的手能剥香蕉皮,也能捉跳虱,然而猴子的手终于不是人的手。猴子虽然有手,却不会制造工具;至于"翻手为云,覆手为雨",猴子更不会。

在猴子群中,手就是手。花果山水帘洞美猴王的御手不但跟他御前的猴丞相的手差不多,乃至跟万千的猴百姓的手比起来,也还是一样的手。

人类的手,就没有那么简单,平凡,一律。从手上纹路可以预言一个人的"穷通邪正":但这是所谓"手相学家"的专门了,相应又作别论。只听说"一·二八"之役,"友邦"的陆战队捉到了我们的同胞,也先研究手,凡是大拇指上的皮层起了厚茧的,便被断定是便衣队,于是这手的主人的"运命"也就可想而知。

不过我们这里的故事却还不是那么简单的。

二

事实如此：当潘云仙女士和她的丈夫张不忍到了X县，而且被县里人呼为"张六房"的"八少奶奶"的时候，曾经惹起了广泛的窃窃私议，而这"喊喊喳喳"的焦点转来转去终于落到了云仙女士的一双手。

所谓"张六房"，自然是陈年破旧的"家谱"（不管它实际上有没有）里一个光荣的"号头"。这"房头"的正式成立而且在X县取得了社会的地位，大概是张不忍的曾祖太爷乡试中式那一年罢，这委实是太久远了一点，然而X县人对于这一类的事永远有好记性，而且永远是"成人之美"的，所以当"张六房"这名词已经空悬了十多年，已经从人们嘴上消褪，只有念旧的长者或许偶尔提起，但总得加上个状词，"从前的"，——一句话，当"张六房"不绝如缕的当儿，忽然来了个张不忍，而且还是由念旧的长者记起了从前那位"乡试中式"的太老太爷名下的嫡脉确有一支寄寓在T埠，而这年青的张不忍非但来自T埠，并且他的故世已久的父亲的"官名"确也是"谱"上（这东西，谁也没有见过，然而谁都在他脑子里有一部）仿佛有之，于是乎，犹有古风的X县里人一定要将"荣耀归于所有主"了。

但何以又呼云仙为"八少奶奶"？这又是从"不忍"的

"不"字上来的。县里有一位穷老太婆,年青时出名叫做"黄二姐",嫁了丈夫,她还是"黄二姐",但她那本来有姓有名的丈夫却变成了"黄二姐的男的",现在她老了,丈夫早已死了,有过儿子也死了,有过媳妇也"再醮"了,然而她依然是"黄二姐",她的青年时代的"过去"永远生活在人们的记忆里。这位黄二姐,和张六房的关系,绝不是泛泛的。孝廉公的二少爷成亲时,黄二姐是伴娘。那时她是名副其实的"二姐"。后来孝廉公的几位孙少爷成亲,黄二姐虽则已过中年,却还是八面张罗人人喜欢的角色。只有最小的那位孙少爷半文明结婚的时候,黄二姐似乎见得太老了,但伴娘这差使,张府上不便改变祖宗的旧规,还是由黄二姐的儿媳妇顶着"小黄二姐"的名义承当了去。近年来,黄二姐每逢提到"六房里完了,没有人了"的当儿,也一定要数说她和"张六房"此种绝非泛泛的关系。她好像得意又好像感伤地说:

"嗯,六房里太老太爷名下,哪一房不是我做陪房的?一个个都是看他们大起来的!嗯,树无百年荣,真真是!咳!……只有太老太爷的末堂少爷,太老太爷死的时候,他还不到十岁,后来就跟二少爷不和,一个铺盖出码头去了,听说也成家立业了,——只他不是我黄二姐陪房的。"

现在,老太婆的黄二姐听说"张六房又有人了",而且正是那出码头的一脉,而且是三十来岁的少爷带了少奶奶,黄二姐可兴奋极了,一片至诚地便去探望。

黄二姐听人说这位新回来的少爷叫做"不忍",她就称他为"八少爷"。云仙呢,当然是"八少奶奶"了。黄二姐把"不忍"错做了"八顺",并且举出只有她知道的理由来,六房里最小的一辈,连早殇的也算在内,不忍的排行刚好是第八。

人家也觉得"八顺"大概是小名,而"不忍"则是谐音。不管张不忍本人的否认,X县里人为的尊重这几乎绝灭的旧家,都称他为"张六房的八少爷",或者"六房里的老八"。

三

X县的舆论对于一个人来历,有时绝不肯含糊。张不忍之为"六房里的老八"虽然由公众一致的慷慨而给与了,并且由黄二姐这"活家谱"的帮衬而确立了不可动摇的信用,但是关于潘女士的"家世"却议论颇多。

她是一张方脸,大眼睛,粗眉毛,躯干颇为强壮。如果她是六十多岁的老太太了,大概X县里人也就以为是"福相"。可惜她看去至多不过二十五六。然而也可以解释是"贵相"。X县里人善于推测,便轻轻断定潘女士大约是"将门之女"。甚至有人说,T埠颇多下野的督军师长,其中有一位旅长,就是张不忍的岳丈。

善堂的董事胡三先生和"张六房"是老亲，有一次对张不忍说：

"近来，宿将纷纷起用，贵泰山不久也要出山了罢？哈哈！"

"啊！谣言！没有那么一回事。云仙的父亲死了多年了，况且也不是……"

张不忍还不明白县里人把他夫人的老子猜做了什么。胡三先生似信非信地笑了一笑，可也不再问下去。过不了半天，胡三先生"不得要领"的新闻在茶楼里盛传起来，热烈地讨论之后，纷纭的意见终于渐归一致：无端说丈人死了多年的人，大概是没有的，或者"六房里的八少奶奶"只是T埠那位潘旅长的本家，但一定不是穷本家，只要看"八少奶奶"的衣服多么时髦，见人的态度多么大方，——甚至有点高傲，便证明了她的来历不小。

潘女士的衣服，在X县里自然能往"时髦"队中算一脚。她是九月中旬来的，天气很暖和，然而她披了一件大概是丝织品的没有袖子的新样的东西，——后来才知道这叫做"披肩"。

但是茶客中间有一位焦黄脸的绸长衫朋友，左手端着茶杯，右手的长指甲轻轻地匀整地敲着桌边，老在那里摇头；等到众人讨论出"结论"来了，他又哼哼地冷笑了几声。

胡三先生的本家胡四，探头过去，眯细着眼睛，问道："哎，陆紫翁不以为然么？"

"哪里，哪里；诸位高见，一不错；"陆紫翁的枯涩的声音回答，茶杯端到嘴唇边了；可是看见近旁茶座上的眼光都朝自己脸上射来，他便放下了茶杯，逗出一个淡笑，接着说道："不过呢，兄弟有一句放肆的话，——八少奶奶贵相诚然是贵相，然而，嗯，各位留心过她的手么？"

众位都骇然了；实在都没有留心过，都没法回答。胡四最喜欢充内行，并且刚才的"结论"也是他一力主持的，他瞥了众人一眼，好像是回答陆紫翁，又好像是要求众人的赞助，大声说：

"女人家的手，又当别论。相书上说——哦，记性太坏，总而言之，女人家的相，不在乎一双手。"

陆紫翁微微笑着，便端起茶杯来，这回是喝成了。茶客们的声音又嗡嗡然闹成一片。胡四似乎得胜。但陆紫翁所提起的问题也并没被人轻轻放过。商会职员姚瑞和忽然记起他曾经细看过一下那位"八少奶奶"的手，确乎有点"异相"。他急忙告诉了坐在对面的小学校长。

"啊哟！你不说，我也忘了；我捏过她的手，——"

"哦——哦？"商会职员的眼睛凸出得和金鱼相仿。

"没有什么。外国规矩，新派，通行握手。"小学校长加以解释。"好像，呃，硬得很，练过武功。"

"对呀！"商会职员姚瑞和在桌子上拍一掌，"所以我说不像是少奶奶们的手呵！"

陆紫翁听得了侧过脸来望着他们点头微笑。

胡四也听得了，却装作没有听得，拍着旁边一个人——商会长周老九的肩膀说：

"喂，老九，二十年前，黄二姐的手，不是我们都捏过么？可是黄二姐还是黄二姐，暗底下摸着她的手，不会当她是什么少奶奶罢！"

哄堂大笑了。小学校长和商会职员感到惶恐，但也陪着笑。陆紫翁也笑了一笑对胡四说：

"四兄还记得年青时候的淘气，可惜知音的人不多了。然而，话尽管么说，手，是——大有讲究的。高门大户的小姐少爷，手指儿都是又滑又软，又细长。自小动粗工的，就不然了；手指儿又粗又短，皮肉糙硬。南街上吴木匠的老婆，脸蛋儿长的真不错，可是看她一双手，到底是木匠老婆。"

"那么，紫翁，你说六房里——那双手不——不大那个罢？"周老九抢着问，却又把眼风在茶楼里扫了一转，惟恐碰巧有"六房里"的熟人。

"哎，这又是拉扯得太远了。"陆紫翁扮一个鬼脸，哑笑着回答,"况且诸位也没留心看过,何必多说。"

胡四觉得自己要失败了,便也连声打岔道:"不用争了,不用争了,各人各相。"

于是谈话换了题目。然而"八少奶奶"的手从此大大出名。每逢她上街,好事者的目光都射在她的手上。手不比脸,尽管成为众目之的,也不会红一红,但也许因为时交冬令,风性燥了,人们都觉得"八少奶奶"的手似乎意外地粗糙。

四

张不忍夫妇住在县里"最高学府"中心小学的附近。房东就是周老九的洋货店里的管账先生程子卿。善堂董事胡三先生介绍兼作保。

程子卿对于潘云仙女士的手,并不感兴趣,从没细看过一下。好事之徒或少爷班借买东西的机会,也曾问他道:"喂,老程,你说罢,你是她的房东呀!"程子卿总是用摇头来回答。

其实X县里除了整天盘据在茶馆里的好事之徒以及顶着"高贵的职业头衔"所谓"守产"的少爷班,谁也不曾把"八少奶奶"的手当作一桩事来侦察研究。满县满街都为了壮丁训练的抽签而嚷嚷,哪有闲心情管人家的手呵!

程子卿常常关心的,倒是张不忍的脚。每逢回家看见张不忍的皮鞋沾满了泥土，他便要问道：

"八少爷，又下乡了么？坟田查得差不多了罢？"

有时张不忍的回答是："查了一处，佃户倒老实，可是那乡长刁得很，从中捣鬼。"

有时却摇着头说："白跑一趟。今天那一处，连四至都弄不明白。"

"慢慢地来罢。"程子卿安慰一句，于是迟疑了一会儿，便又问道："看见汽车路动工么？"

张不忍摇摇头，程子卿也就没有话了。

一天，程子卿又很关心地问起查得怎样时，张不忍愤然叫道："算了罢！麻烦得很，真想丢开手了。"

"呀！可是，胡三先生一番好意，不能辜负他。况且，您来一趟不容易，总得清出个眉目。"

张不忍只是苦笑。他何尝是为了查坟地来的？并且他根本不知道这里还有祖遗的坟地。都是胡三先生的指拨，他反正没事，到乡下去看看也好。况且，多少也像有点正经事把他留住。

程子卿等候了一会儿，见没有话，就摸着下巴，悄悄地又问道：

"八少爷，那条汽车路，说是要赶筑了，您看见在那里动工么？"

"哦,不明白。"张不忍像被这一问提起精神来了。"不,还没看见动工。说是军用。呃,程先生,您听到什么特别的消息么?"

"就是听说要赶筑。等筑好了路,就要派一师兵来县里驻防。"

"哦,哦!"

"八少爷,您看来今年会不会开仗?"

"难说。"张不忍随口回答,惘然望着天空,他的思想飞得老远,——程子卿万万意想不到的远地方。程子卿的心却也离开了这间房,在未来的汽车路上徘徊。他有一块地,假定的路线就在他这地上划过,只留给他一边一只小角;他曾经请陆紫翁托人关说,不求全免,但求路线略斜些儿,让那分开在两边的两只小角并成一大角,人家也已经答应了他;然而这条路一日不开工,他就一日放心不下。

"既然路是要筑的,就赶快筑罢!"程子卿叹一口气说,望着张不忍,寂寞地笑了笑。

五

张不忍跑进自己房里就叫道:"云仙,真得想出点事来做才好!"

"可是我只想回去。"云仙头也不抬,手里忙着抄写。

"回去?回去有事么?不是前天还接到老刚的信,说这半年他也没处去教书了;何况你我?"

"但是闲住在这里,真无聊!"

"云仙!"张不忍叫了这一声,又顿住了,踱了几步,他似乎跟自己商量地说:"生活是这里便宜。而且,他们从封建关系上,把我们当作有地位的人,总可以想出点事来做做罢?"

"他们!这里的人真讨厌,我就讨厌他们的跳不出封建关系的眼光!他们老在那里瞎猜我的娘家。一会儿说我是军阀的女儿,一会儿又说我出身低贱了!"云仙把笔一掷,下意识地看着自己的一双手。

"这些,理他们干么。"张不忍走近到书桌边。"哦,你又抄一份,投到哪里去?——可是,这几天,这里的空气有点不同,紧张起来了,云仙,我们真得想出点事来做才好。"

云仙仰脸望着天空,寂寞地微笑,不大相信专会造她谣言的环境也能紧张。

铛铛!从街上来了锣声,铛铛又是两下。而且隐隐夹杂着人声喧哗。

云仙将脸对着不忍眉梢一耸。似乎说:这莫非就是"紧张"来了么?

"这是高脚牌。一定有紧急的告示。"不忍一边说一边就走出去了。

高脚牌慢慢往中心小学那边走。镗镗！引出了人来。大人们站在路旁看，孩子们跟着，——一条渐渐大起来的尾巴。

张不忍追到中心小学门前，高脚牌也在一棵树下歇脚，捐牌的那汉子将牌复在地下，却挺着脖子喊道："催陈粮啦！二十二年，二十三年，二十四年，催陈粮啦！后天开征，一礼拜；催陈粮啦！"

张不忍感到空虚，同时这几天内他下乡时所得的印象也在那复卧的牌背闪动。忽然听得那汉子自个儿笑起来，换了唱小调的腔调：

"还有啦，今年里，不许采树叶子呢：柏树，桑树，榆树，梧桐树，槲柮树，乌龟王八蛋树，全不许采叶子！采了也没事，只消打屁股，吃官司！"

跟着来的孩子们都拍手笑着嚷道："乌龟王八蛋个树！"[1]

这种谐音的幽默，孩子们是独有创造的天才的。张不忍听着也不禁失笑，然而他依旧感到空虚。他信步走进了中心小学。

校长和几位教员站在一带雪白的围墙前指东点西说话。校长

---

[1] 此为谐音——乌龟王八蛋告示。

这时的脸色跟那天在茶楼上大不相同了,似乎有天大的困难忽然压到他头上。

校长一把拉住了张不忍,就带着哭声诉说道:"张先生,你说,刚刚粉白,不满一个月,你瞧,这一带围墙,还有一切的墙壁,你说,多少丈,刚刚粉白,不满一个月,为的厅长要来瞧啦——终于没来,可是,你想,忽然又要通通刷黑了,一个月还没到,你瞧。"

张不忍往四下一瞧,果然雪白,甚至没有蜒蚰路;可是除了这"雪白",校长的话,他就半点也不明白。校长好像忽然想到一件大事,丢下了张不忍转身就走,可是半路上碰到一个人,又一把拉住了;张不忍远远望去,知道校长又在那里带哭声诉说了。他惘然望着,加倍的感到空虚的压迫。

教员中间有一位和张不忍比较说得来的赵君觉,带着一点厌烦的表情对张不忍说:

"今天的密令,县境内所有的墙壁都须刷黑!校长气得几乎想自杀,哼!"

"刷黑?密令么?干么?"张不忍这才把校长的话回味得明明白白了。

"说是准备空防,跟禁止采树叶同一作用,"另一位教员朱济民回答,"校长说,上回粉白,还是他掏的腰包,这回又要刷黑，他打算要全校教员公摊呢，剥削到我们头上来了。"

"上回他掏鬼的腰包！公摊？他平常的外快怎么又不公摊了！他倒想得巧！"又一位教员说，撇着嘴自顾走开。

张不忍看看那一带雪白的围墙，又看看蓝色的天空，太阳正挂在远处的绿沉沉的树梢，——他沉吟着说："战时的空气呀，浓厚了，浓厚了，"他笑了一笑，转脸对赵君觉和朱济民说："我还听说有密令，叫准备好一师兵住的地方，真的么？"

"哦，密令还多着呢！"朱济民回答，"叫办积谷，叫挖地坑，叫查明全县的半爿坟有多少，叫每家储蓄十斤稻草，——嘿，这两天来，密令是满天飞了！"

"嗯，半爿坟，什么意思？"张不忍皱着眉头望在朱济民的脸上。

"左右不过是那么一回事。"赵君觉接口说，"你要收密令么，端整下一口大筐罢。至于一师兵，谁知道他们来作什么。为什么不开往边疆？然而，也未必来罢。听说嫌交通不便。要先开城外那条汽车路呢！"

"我也听得这么说。住的地方，倒已经在准备了。不过，半爿坟，又是干么？什么是半爿坟？"

"就是破坍的老坟，露出了圹穴的。"赵君觉回答。

"什么用，可不大明白，"朱济民抢着说，"但是保安队的队长对人说,这种半爿坟可以利用来做机关枪的阵地。"

"哦,大概是这么个用意了。"

"不忍,这两天一阵子密令,满县满街真是俨若大战就要来了。"赵君觉说,一脸的冷冷的鄙夷的神气。

"老百姓怕,是不是?"

"不!很兴奋呢!"朱济民确信地说。

赵君觉看了朱济民一眼,嘴唇一披,"对了,当真兴奋;所以我觉得他们太可怜。老百姓真好,可是也真简单,真蠢!"

暂时三个人都不说话。张不忍用脚尖在泥土上慢慢地划着,好像划了一个字,随即又用鞋底抹去,忽而他伸手一边一个抓住了赵君觉和朱济民,皱着眉头,定睛看着赵君觉,又移过去看着朱济民,用沉着的口音说:"君觉的意见,我也觉得大半是对的;然而老百姓不怕,兴奋,这一点比什么都可贵!我们当真得想出点事来做才好,我们一定要做点事!"

三个人对看着,末了,赵君觉和朱济民同声说:"加上密司潘才得四个人。……"

张不忍立刻打断他们的话:"然而一定要做点事!开头四个人,后来会加多!"

他们于是并肩慢慢地一边谈,一边走;沿着围墙走到尽头又回来,还是谈个不休。

三个人带着朗爽的笑声走进教员休息室了。劈头忽然又遇见了校长。

"窑煤都涨价了,一倍,刚涨的,该死,该死!"

校长阻住了他们三位,慌慌张张说。校长的脑子里没有更值得烦恼的事。

六

陆紫翁和周老九挑中了右面那架屏风背后的好地方,悄悄说着话。这里不是走路,四扇排门常年关着。相近左面那架屏风的四扇排门,也只开一对,作为从大厅到内室的唯一门户。

屏风挡着,如果有人从外边走进大厅来,他看不见两位,两位却看得见他。

这个好地方却只有一张闲搁着的太师椅,坐的是陆紫翁,斜欠着身子,架起了腿,右肘支着椅臂右手托住了下巴。周老九在紫翁面前站着,脸朝外。

"他们竟敢指摘我们贩运私货么?"是陆紫翁的枯涩的声音。他歪着脑袋,脸对着墙,似乎在看壁上的字画。

"可不是!还说要组织捉私团呢!"

"哼!看他们敢!然而,张不忍这小子真可恶!可是,不见得单是张八夫妻俩;还有谁也是张八的一伙?"

"大概中心小学里一二个教员总有份罢。"

"校长也不知道？"

"问过他，他赌咒说不知道。"

"不敢说出来罢了，这没用的草包！哼！可是，笔迹总该认得出来的？"

"认不出。那壁报全是一个人的笔迹，听说是八少奶奶——"

"呸！什么少奶奶，不知道什么小户人家的贱货，也许竟是——看她那一双手。"

"可是一手字倒很恭正。"

"来路不正！我第一眼看见就知道不是正路。总有一天给我查明白。"

"不过，紫翁，下手要快。他们还说你和二老板经手的公款不清不楚，说是下期的壁报上准要宣布。"

"哦——"陆紫翁的声音带哑了，把架起的那条腿放下。"哦！张八这小子，他怎么会知道？"

"紫翁，也不宜小看他，他既然是'六房里的老八'，自有一班穷出火来的爷们和他来往。"

"嗨，六房里？六房里早已没人了，哪里又跳出个什么老八！胡三这老头子是老糊涂了。黄二姐一张嘴算屁话？我打算办他一个冒名招摇呢！"

"然而,紫翁,自从他出了壁报,跟他越走越熟的人确乎不少;胡四——"

"我疑心胡三这老家伙也是知情的!"

"可不是!还有'赵厅'的缉老爷,孙洪昌的二少爷,据说也是暗中……"

"嘿!赵缉庵也有份么?"陆紫翁挺起眼睛望着楼板,一只手尽管摸着下巴。忽然站起来,轻声说:"老九,那就一定是他了,——中心小学里一个教员一定就是缉庵的小儿子赵君觉。哦,老九,等一下。"陆紫翁到墙边去拖过一张方凳来。"坐着谈罢,原来张八这小子竟有点呼风唤雨的手法,老九,我们倒不能大意了,得仔细布置一下。"

"不过也不能太慢,私货的事现在闹得满城风雨了。那一批货,多搁日子怕要走漏……"

"这个不要紧,"陆紫翁抢着说,"等二老板起来了,他有办法,嗯,倒是——"

"二老板昨晚上又是二十四圈么?"

"昨晚上有客,——嗯,老九,倒是有缉庵他们在内,查公款这一层说不定会闹大——"

"外边是谁?"周九突然喊了这一声,陆紫翁连忙把话缩住。周老九站起来,故意高声咳了一下,就转出屏风背后,一面学着"官腔"喊"来呀",可是只喊了一声,就不响了。陆紫翁听得好像有两个人在窃窃私语。他正决不定还是照旧躲着好呢,还是踱出去好,可是周九也回来了,带着一个尖头削脸的人物,正是商会职员姚瑞和。

周老九指着姚瑞和说:"他刚得的消息,张不忍自己报了名,受壮丁训练去了。"

"贱胎!"陆紫翁仰起了脸冷笑。

"紫翁,他还想立什么社呢!"

"叫做'国魂武术社'罢,"姚瑞和陪笑说,"壮丁训练班里倒有一小半人加进了他这社。"

"好!哼哼,纠众集社是犯法的。"陆紫翁冷笑的鼻音有点不大自然,"大概全是些下流粗坯罢?"

"倒也不全是。内中有——"姚瑞和迟疑了一下,"有这次壮丁训练抽签抽到的好几个小老板,还有甲长们,——很有几个场面上的小爷们呢!"

"紫翁,孙洪昌的小老板老二,还有,——瑞和,还有谁?"

"北街上开亦我轩照相馆的陈维新陈甲长。"

"紫翁,孙老二和陈维新也是发起人。"

"哎哎,这班少爷们血气方刚,真真是不成话!"陆紫翁的声音有点发哑了，"可是，陈维新么？他好像是党员罢？"

"是的。前任区党部的执委。"姚瑞和连忙陪笑说，"不知道张不忍怎么搞的，连保卫团的大队长也做了赞助人呢！"

"哦，不过大队长原是直爽人。"陆紫翁说着就站起来，反背着手踱了几步，打起精神笑了一笑又说道："笑话！不知哪里跳出来的小伙子，不三不四，居然大家叫他'六房里的老八'了，两个月没到，居然结交了朋友，打算硬出头了；然而，可惜，他那位尊夫人的一双手摆明白不是好出身；你们想，要真是张六房的嫡脉，哪里会讨媳妇不看个门当户对的？"

陆紫翁一面说，一面就踱出了屏风背后那个好地方。

周老九和姚瑞和跟了出来。周老九低着头在一对栋柱中间慢慢地踱，姚瑞和站在翻轩下长窗边，时时偷眼瞟着那一对通到内室去的排门。

陆紫翁对一个土头土脑的男当差说道："进去问问，二老爷起身了没有？"回过脸，朝姚瑞和看了几眼，"你回去罢，不许多嘴。"

周老九踱到陆紫翁跟前，悄悄地说："刚才瑞和报告的消息，紫翁觉得怎样？"

"暂时之间，投鼠忌器而已。"

"瑞和还说，今天早上他亲眼看见胡四到张八家里去。过了一个钟头,这才出来。"

"嗯,胡四,没有什么道理;不过,赵缉庵在内呢——噢,老九,不是张八租了程子卿的厢房么?你应该叮嘱子卿留心进进出出的人儿。"

"嗯嗯,这子卿就是太老实。"

周老九回答时颇露窘态。陆紫翁沉吟一会儿,微微笑着,正想开口。忽然那边通内室的排门边来了女人的声音了:

"喔,是陆老爷和周先生么?老爷起来了,请两位进去罢。"

女人是一张小圆脸,淡绿色阴丹士林布的短袄仅及乳下,黑软缎的裤子长到脚背,一条油松大辫子。

七

陆紫翁和周老九报告的时候,二老板的一根粗指头老是挖着鼻孔,一声不出。他忽然打一个呵欠,身子一斜(他本来躺在烟榻上),嘴里不知咕噜了一句什么,伸手在大腿上拍两下,那个油松大辫子的女人就挨着他坐下,给他捶着腿。

二老板虽然不作声,他那一对猫头鹰的眼睛老是乌溜溜地在那里转;机警而又颇露凶相的眼光时时从陆紫翁脸上扫到周老九脸上,然后又扫回去。

陆紫翁的话多，周老九不过偶然从旁插一两句。可是二老板的眼光反而多和周老九"亲热"。

忽然二老板将身边那个大辫子的女人一推，精神百倍似地坐了起来，陆紫翁一句话刚说了一半，赶快缩住，二老板笑了笑道：

"想不到'张六房'坟上风水转了，小辈里出人才。我倒很想和这位'八少爷'结识结识。"

陆紫翁和周老九都愕然了，可是陆紫翁到底是"书卷中人"，悟性又好又快，立刻悄悄地笑着说："二老板要结识他，他就是不敢高攀也没处去躲呢，二老板，怎样也叫赵缉庵他们也一请就到，叨扰你二老板一番美意？"

"哈哈，那就要看机会了，少不得借花献佛，多发几张请帖。"

"那么，二老板，马上就看个日子罢？趁这几天空挡，愈快愈好。"周老九终于也猜哑谜似的猜透个八九了。

于是半晌的沉默。二老板挺起了眼睛，似乎在那里"看日子"。陆紫翁和周老九都沉住了气，陆紫翁眼角有一条筋不住地簌簌地跳，周老九却涨红了脸。

终于二老板将眼光一沉，自言自语地："等新县长上了台再说罢。"

陆紫翁和周老九像约好似的很快地偷偷地交射了一眼。陆紫翁鼓起勇气，正想进言，二老板早又笑了一笑道："昨晚上那位客人，人倒和气，就是胃口大一点。在这里盘桓了大半夜，总算无话不谈，然而离题目总还有点点远。嗯，——瞧过去，"二老板顿了一顿，举起手来，正待伸出两个手指，忽然他背后那位大辫子女人打了个喷嚏，二老板转过脸去，眼光威严地一瞥，手就放下了，接着说："我还要考虑考虑。"

"听说新县长是军人出身罢？"陆紫翁问。

"不错。还是现役军官。"

"二老板，可是那一批货，还轧在那边，运不进来；这里张八他们又闹得满城风雨……"

"哦，哈哈，"二老板一阵笑便打断了周老九的话，"哈哈，倒忘记了这位'八少爷'跟别的少爷们了。"突然脸一板，"紫翁，我的一句话，你们不准和他们年青人一般见识。他们说话不知轻重，行动出轨，自有政府来纠正。我只当他们是一群疯子。倒是还有几位上了年纪的，譬如赵缉翁他们，应当解释解释。"

"是！"陆紫翁赶快回答，"那么，胡四他们呢？"

"你瞧着办罢。"二老板眉头一皱，似乎有点不耐烦，但随即微微笑着，眼光朝周老九一逼，说，"那批货么？过几天，你尽管堂而皇之运进来。"

"啊！"周老九快活得忘形了，"哦，到底——昨晚上，二老板昨晚上到底将那位客人对付得服服贴贴了么？"

二老板不置可否，只将烟盘里一张纸递给了周老九，同时却冷冷地说："这点小事，何必同人家谈起呢，犯不着羊肉没吃，倒先惹一身骚呵！"

周老九和陆紫翁一旁应着"是"，一边便看那张纸。原来是一张油印的《查缉私货暂行办法》。两个人都觉得意外，迟疑地朝二老板看了一眼。二老板哈哈笑着，招了招手。周老九和陆紫翁赶快捧着那张纸走近一点。二老板指着纸上后面的一段说："单看这一款就够了。"

这是鼓励人民协助缉私的办法，略谓：凡报告私货因而缉获者，将货物充公拍卖，以所得货价之半数奖赏报告人。

周老九看明白了时，手心里就透出一片冷汗，他正要说张不忍他们的壁报上正也抄着这一款鼓动人家去"捣乱"呢，可是二老板已经先开口了：

"明白了罢？等他们拍卖的时候，你去买了来，不是正大光明的事么？"

"是，是！"周老九两眼睁得铜铃大，心里糊涂死了，却又不敢驳回。

"哈哈,"陆紫翁却第一次放肆地笑了,"人家说心有七窍,我看二老板的,恐怕九窍也还不止罢?"

二老板笑了笑。这笑,与其说是被恭维了而高兴,还不如说是奖许陆紫翁的机警。

"我来猜一猜罢,"陆紫翁微笑说,"既然是周老九去买,一定要二老板去报告了。"

哈哈哈,二老板一阵大笑就歪在烟榻上了。

周老九似乎也明白了,但一时之间还不大盘算得转。二老板把手一挥,叫了一个字:"烟。"油松大辫子的女人便立即忙起来。

"紫绶,公款的事,你就先去找赵缉翁解释解释。"二老板闭了眼睛说,"他要是说得明白,很好;不然的话,随他的便罢。反正新县长不久就要到任,他未必就听了赵缉庵一面之词。"

"二老板放心。这一点事,只要二老板定了方针,我量力还不至于弄僵。"陆紫翁回答了,便和周老九转身退出。

但是陆紫翁和周老九刚跨出房门,忽又听得了一声:"紫绶!"

陆紫翁赶快站住,应一声"是"。

过一会儿,二老板这才慢声说:"张八这小子,也许中用,我倒真想提他一把呢。"

"这是他的造化。且看他受不受抬举罢。"

陆紫翁一面回答,一面却和周老九做眼色。

八

许多"手",明的暗的,在活动,在忙碌。

新县长到任了五六天了。X县里大多数人并没觉出新县长有什么"异样",除了已经知道他是刚刚卸任的团长。

X县里极少数的人们却从各自不同的立场和印象(虽然只有五六天工夫,新县长给他们的印象却已不甚简单了),都有这么一个感想:"以为是军人出身,性情爽快,谁知道更其不可捉摸!"

这一种感想流露于面部或唇舌,在二老板是躺在烟榻上皱紧眉头不作声,在赵缉庵是悄悄地对胡三先生说:"四五天了还没动静,秉公办理云乎哉?"而在张不忍和他的新朋友们,则是筹备更逼进一步的文章和商定"请愿"的代表。

同时,茶馆酒店乃至大街上店铺的柜台前,流动着种种的消息和意见:

"赵缉庵他们的公文呈进去后,新县长三天三夜亲自吊账簿,打算盘,还没算出来。"

"算出来了！二老板亏空近万。"

"笑话！县长哪有工夫自己查账，呈子还搁在签押房里呢！县长忙的是检阅保安队，保卫团；他本来是团长呀！"

"团长改县长，就是准备跟小鬼开战！壮丁训练队都要上前线！"

"这是瞎说了。壮丁上操快将两礼拜了，立正稍息还没操好，怎么能上前线！"

"可是六房里的老八做代表，请将训练赶快；发枪，打靶，野操。听说县长昨天请教练官商量这件事，教练官答应得稍为迟了一点，县长就发脾气道：'你不会教，我来教！'嘿！嘿！县长本来是干团长的！"

"不对，不对！六房里的老八的代表还没派定，今天他对我说。"

"然而昨天县长的确请教练官去商量了半天，我亲眼看见他进去，好半天，才见他出来。"

"哦！你亲耳听得他们商量什么事罢？"

"难道你倒亲耳听得？"

"不客气，我倒晓得。县长请教练官去，商量捉汉奸！"

"什么！县里有汉奸？"

"怎么没有？多得很呢！早已三三两两偷进来了。一律化装。有的扮做走方郎中,有的是打拳头卖膏药,有的是变戏法的,有的是装做和尚,顶多的是扮叫化子。县长忙了三天三夜,就为了调查汉奸!"

"听说上头派他来,团长改县长,就是专门来办这件事。"

"他们还不晓得么:捉完了汉奸,就开战!"

"哦哦,怪不得——"

"喂喂,告诉你,你可不能说出去呢:还有女汉奸。"

"谁谁?可是变把戏班里那个女的?"

"倒不一定变把戏。女汉奸不扮下流人,倒是穿得极漂亮,冒充少奶奶小姐班。可是,看她的手就明白。"

"手上有暗号么?刺得有什么花罢?"

"不是。手是做工人的手。县长为了想方法捉女汉奸,三夜没睡觉;后来决定派了县长太太亲自出马呢!"

"呵呵!真上劲!"

"对了,那你总该明白县长忙得很呢,哪有闲工夫算什么账?二老板也是中国人,中国人和中国人算什么账,对付汉奸要紧!"

"哦——"

"咄,混蛋,亏空公款就是汉奸!你就是汉奸!"

"你不赞成捉汉奸就是汉奸!"

"混蛋!"

"汉奸!"

X县里的空气就这么又紧张又混乱。"不可捉摸"也挂在大多数老百姓的面前。这样又过了两三天,终于这塞满了空间的"不可捉摸"突然"明朗化"起来。

九

霹雳一声,驱逐游民乞丐。这也是两星期前有过的密令之一,然而这次不用文绉绉的高脚牌。

上午召集保甲长们开了一次会,下午就由保卫团协助,大街小巷同时发动。

这时候,北街上的亦我轩照相馆里,三四位年青人已经讲了好一会儿的话,大家觉得有点头脑发胀,喉咙越来越粗了。

"我提议一个折中的办法,"主人陈维新竭力把嗓子逼小,想使得语气变温和些,"不忍兄说爱国是国民的权利和义务,我们这'国魂武术社'既以爱国为宗旨,便不应当规定有什么入社的资格,——这解释,理由是有的,然而我们既然名为'武术社',就已经定下一重资格,这资格,是什么呢?就是'武术',所以兄弟提议,社章上规定,'凡谙习武术者,皆可入社',那就面面俱到了。"

赵君觉耐心听完，便对张不忍望了一眼，张不忍蹙紧了眉头，不说话。

孙老二（雅号平斋）却先开口了："那不是我们发起人先就没有资格了么？不妥，不妥！"

张不忍几乎笑了出来，但是陈维新正色回答："不然！平斋兄，这又不然。大凡做发起人的，只要有一项资格，就是'发起人的资格'。社章上的资格竟毋须拘泥。名流阔人今天发起这，明天发起那，难道他们是万能么？无非是登高一呼的作用罢了。"

孙老二连忙点着头说："不错，不错，我倒忘了。"忽然又皱着眉头，"可是，下三流的人们很有会几手的，他们仍旧要来，怎么办呢？"转脸向着张不忍，"老八，不是我惯以小人之心度人，实在是新县长昨天再三叮嘱家严，县境内汉奸太多，千万要留意。"

"那么，平斋兄是不是能够担保长衫班里一定没有？"赵君觉的嗓子又粗起来了。

"哎哎，话不是这么说的。"陈维新抢着回答。他立刻又转脸朝着孙老二，"平兄这层顾虑，倒也可以不必。有办法。将来碰到形迹可疑的人，哪怕他实在会几手，只要说他武术不够程度就得了。"

"哦！不要人家进来，总有办法。"张不忍眼看着桌子上那一块新做的"国魂武术社"的洋铅皮招牌，冷冷地说，"最彻底的办法是根本不立什么社，"他寂寞地笑了一笑，忽然把嗓子提高，"本来这不是咬文嚼字的时候，局面多么严重！不过维新兄和平斋兄既然喜欢字斟句酌，我就反问一句：我们这社的宗旨到底是要把多数不会武术的人练成会的呢，还是单请少数的会家自拉自唱？章程草案第二条……"

"对了，"赵君觉插口说，"这一条是宗旨，明明写着'提倡'，'普及'；跟维新兄的折中办法刚好自相矛盾！"

孙老二突然跳起来一手抓住了章程草稿，一手向陈维新摇摆，"大家不要意气用事。我有了办法了。干脆一句：要进社的，得找铺保！"

张不忍和赵君觉都一怔。陈维新却举起一双手连声喝彩道："好，好极了！到底是孙洪昌的小老板，办法又切实又灵活！"

"要找铺保？"赵君觉面红耳赤，声音也发毛，"那——那不是，……"但是一件意外的事将他的说话打断了。一片骚杂的人声由远而近，几个人慌慌张张从门前跑过，嘴里喊道："来了，来了！"陈维新立刻离位去看，孙老二也跟着。张不忍回头望门外街上，早有一堆人拥到"亦我轩"的招牌下，一枝枪上的刺刀碰着那招牌连晃了几晃。

张不忍跑到门口，就在各色各样的面孔中间看见了一个熟识的面孔。那是黄二姐。两个背枪的保卫团扬起了竹枝的鞭子像做戏似的向闲人们威吓；又一个保卫团，也背枪，似乎在驱赶，又似乎在拖拉那位黄二姐。孙老二也插身在内，张不忍仿佛听得他这么说：

"……我替你作保就是了，还吵什么！"

"谢谢二少爷，我不要保；我跟他们去！看他们敢——把我五马分尸么？"声音很尖脆，不像是五十多岁的老婆子。

"哈哈！黄二姐的标劲还像二十年前！"

看热闹的闲人们哗笑着，争先恐后地挤拢来。有一个年纪大了几岁的男子拉着一个年青的歪戴打鸟帽的肩膀说："老弟，积点阴德罢！你们怂恿她闹，要是当真关她起来，难道你肯给她送饭？"歪戴打鸟帽的也不回答，只是一味挤。

张不忍心想不管，但也不由自主的走拢去。有一个闲人给他开道似的吆喝着："呃，八少爷来了！让开！"张不忍觉得好笑。那闲人又回转头来，似乎有什么话要说，但是张不忍已经到了黄二姐他们面前。

"呵，八少爷，你也在？八少奶奶好么？"黄二姐很亲热地抢先说，立即又瞪起眼睛指着那个保卫团，"八少爷，你评评这个理：我黄二姐祖居在这城里，老爷们，少爷们，上下三班，谁不认识,可是他们瞎了眼的,要我讨铺保!哼!"仰起头朝四面看,"我黄二姐要讨个铺保有什么难,刚才二少爷就肯保,可是,评评这个理,满县城谁不认识我——"

"张先生!"前面一个保卫团转身过来说,"我们奉的公事,"忽然不耐烦地挺起脖子一声"妈的!"将竹枝一扬,"闲人们走开!——唔,张先生,上头命令驱逐游民乞丐,县境里没有职业的人,得找铺保!这老乞婆,谁不认识,可是公事要公办!"

"我们不过关照她一声,"那个拉着黄二姐——但也许被黄二姐拉着的保卫团说,"就惹出她一顿臭骂。跟住了我们,吵吵闹闹——"

"你不是说要办我么?你办,你!"黄二姐厉声喊,指头几乎戳到那保卫团的脸上。

"妈的!办就办,不怕你是王母娘娘!"

闲人们又哗然笑起来。

张不忍皱着眉头,看着孙老二说:"平斋兄,就请你作个保罢,……"

"妈的!交通都断绝了!走开,走开!"拿竹枝的保卫团大声嚷着,竹枝在闲人们头上晃着。

张不忍劝黄二姐回去,保卫团也突破了闲人包围进行他们的职务。赵君觉站在亦我轩门前叫道:"不早了,章程还没讨论完呢!"

"哦!这个么?"陈维新望了孙老二一眼,"剩下不多几条了罢?那几条,我看就可以照原案通过。"

"不过社员资格这一条呢?"赵君觉走近了说。

"我还有事——"

"我也有事。"张不忍没等孙老二说完就抢着说,淡淡地一笑,"就是找铺保好了。再会!"点点头竟自走了。

张不忍走不多远,赵君觉就赶了上来,急口说:"怎么,怎样,你也赞成——"

"自然赞成,"张不忍站住了,又是寂寞地一笑,"反正铺保盛行,将来全县里除了有业的上流人谁都得找铺保响!"

赵君觉那对细眼睁得滚圆。张不忍冷冷地又说:"取缔游民乞丐!防汉奸!真正的汉奸反倒进出公门,满嘴嚷着捉汉奸,捉汉奸!"顿了一顿,"君觉,明天,你,我,济民,再商量罢,此刻我要回家去把整个形势估计一番。"

十

家里没有云仙。窗缝里有一张红纸。张不忍抽出那纸来一看,是一张请帖:

> 国历十月十二日申刻洁樽候光
>
> 周 梅 九 拜

张不忍侧着头想了一想，随手把帖子摞在书桌上，往床里一躺。他需要集中脑力，可是脑力偏偏忽西忽东。最像讨厌的苍蝇赶去了又飞回来的，是刚才他回来路上所见的景象：三三两两的人们都在议论着取缔游民乞丐这件事，啧啧地叹佩着新县长办事认真，手腕神速。他觉得全县的眼睛都看着新县长，全县人的心被新县长的变把戏似的派头吸住了。

也像讨厌的苍蝇一般赶去了又钻回来的，是追看高脚牌那天下午在中心小学里赵君觉说的"老百姓真好，可是也真简单，真蠢！"

他烦躁地跳起身来，在屋子里转圈子。心里想道："先前，我跟他们说，当真非想出点事来做不可；现在，事呢算是做了一点，可是，当真没有做错么？已经做的，当真是'事'么？"

他仰脸看着窗外的天空，似乎盼望一个回答。有一只什么鸟在墙外树头叫，听去像麻雀，又不像麻雀。

待到把这鸟叫声从耳朵里赶出，他踱到书桌边，抓起了一枝笔，打算写一封信给他的在T埠的朋友，忽然云仙回来了。

"这里的妇女知识分子真糟！"云仙将她那"披肩"往椅子上一撩，走向张不忍的身边去。"谁的请帖？——周九，哦，房东程先生的东家，商会会长，请你干么？可是，不忍，这里的知识妇女跟家庭妇女同样没有办法！"

"哦！"张不忍搁下了笔。

"我跟她们谈了半天，'唔唔'，'话是对啦'，老是这一套。我请她们发表意见。她们只是笑。"指着那披肩，"倒拉了这东西，问了许多话！"

"嗯，那么，赵君觉的妹妹呢？君觉说她思想很好的罢。"

"就只有她，还说得来。可是情绪不高。"

"哦，情绪不高。"张不忍寂寞地笑着。这几天来，云仙老是说人家情绪不高，甚至有时连张不忍也说在内了。他看着云仙的眼睛，又说："她发表了意见么？"

"她赞成妇女救护训练队的办法。可是，她又不赞成那位女医生。说她头脑糊涂，势利眼睛，这样的人，犯不着捧她。"

"但是拉她出来，推动她办事，并不就是捧她。云仙，你跟她解释了没有？"

"解释了。然而我失败了。"

"她不能理解？"

"不是！她的理由很充足，我赞成了她的主张。"云仙的口气很坚决，"我们可以不要那女医生，也不要那两个传教婆！"

"哎，哎，云仙，那样干总不大好。名为救护训练队，而没有一个懂得医药常识的，太不成话。"

"呵，固然你也是这么说！"云仙生气似的鼓起了眼睛钉住了张不忍的面孔，"赵君芳说来说去也顾虑到这一层，所以我说她情绪不高。可是，不忍，我虽然不懂医药常识，童子军救护常识我是有的；在目前，这不就够了么？"

张不忍勉强笑了笑，半真半假地说："哈，我倒忘记了你是多年的女童子军教练官呢！"

"不吹牛，真要是开了战，我的确能够上前方。"云仙得意地笑着，在窗前走来走去，吹着童子军歌的口哨。

张不忍惘然拿起请帖来，卷弄那纸角，此时他的思索忽然又集中于一点：云仙所谓情绪不高。他觉得最近几天内他的朋友们为的要推动人家，反弄得顾虑繁多事情不能快快动，这也许正是云仙所说的"情绪不高"罢？而云仙刚才所说的救护队办法也许是不错的罢？可不是，那位女医生和那两位传教婆要是拉了来，她们一定叽叽咕咕有许多主张，宝贵的时间和精力，白花在解释和疏通上面。

"啊！"云仙猛可地叫起来，跳转身，到了张不忍跟前，却又放低了声音,"我几乎忘了。赵君芳又告诉我:胡四那家伙不行,十二分的不行!他从前也经手过公款,也不清。他现在攻击那个二老板,是报私仇。他利用我们!"

张不忍一双眼钉住了云仙,看着她一个字一个字说完,这才摇了摇头说:"哦!——可是,我们也是以毒攻毒。"

"不行!胡四还有阴谋。胡四今天上午去找君芳的爸爸,咬耳朵谈了半天才走;他走后,君芳的爸爸老在厅上兜圈子踱方步,自言自语,说'君子不为已甚!'据君芳猜来,一定是胡四已经和那边妥协,又在欺骗君芳的父亲。"

"嘿!可是胡四昨天晚上来,还供给了许多壁报上的材料,——全是那二老板的阴私……"

"所以我说他有阴谋呀!我们攻击越厉害,他和那个二老板的妥协越容易成功。他把我们当做猫脚爪,到热灰里摸栗子!"

"哎!"张不忍叹了一口气,闭起眼睛不作声;他不愿意相信,但又不敢完全不信。忽然睁开眼,他劈手抓起了那张请帖钉住看了几秒钟,然后放回桌上,冷冷地说:"不过我终于不能断定。如果胡四已经跟他们妥协了,我们被卖了,那么,周九,他是那个二老板的腹心,他还来跟我拉拢作甚?"

"说不定还有更毒辣的阴谋。"

"也许。"张不忍慢慢地站起身来,走了一步,却停住,回顾着云仙说,"然而总不是用毒药酒来谋害我的性命。——云仙,那,我倒一定要去,看看周九的态度!"

云仙是满脸的不放心,可是没拦阻。张不忍抓起帽子,正要走了,云仙忽又叫道:

"啊,我几乎又忘记了。刚才回家的时候,路上碰见了黄二姐,——好像跟人打过架似的;她夹七夹八说了许多话,我也没听清,可是记得一句:'外场都说八少爷和你私通外国,我不相信!'私通外国,她说了两遍,我听得很准。"

"哈哈,这倒是阴谋,然而也是用旧了的阴谋!"张不忍一边说,一边就走了。

十一

二十小时以后。张不忍的睡眠不足的面孔上,带乌晕的是眼眶,苍白的是两颊,而射出兴奋的红光的是太阳穴带眼梢。

仍在他的卧室。只有两个人:他和朱济民。

他像笼里的一头狮子,焦躁地来回走着。朱济民的眼光跟着他来来往往。跟到第三趟,朱济民突然说:"我看你也还是不要去了罢?"

"去!怎么不去!"张不忍只把头歪一下,依然在走,"他们两个是自己抛弃了责任,他们不去,我就一个人去!三个人是代表群众的意志的,一个人也照旧代表群众的意志,我的代表资格没有被取消,我就要去!"

朱济民点头,但也轻轻叹了一口气。张不忍站住了,又说:"我十二分不满意君觉!怎么他也跟着他老太爷跑,倒不想拉住老太爷跟他跑?昨晚上我赴宴回来,紧跟着胡四也来找我说话了;争执了三个多钟头,他的千言万语只有一个意思:群众运动不要做,为的新县长和二老板正在这上头找我们的错处。我的回答也只是一句话:不能够!我们要和二老板清算公款,但也要做别的事。清算公款不是主要的救国工作!胡四他们只要私仇报了就满意了,但是我们不能够!"

"对的!我们不能够!"朱济民也奋然了,但又带点惋惜的意味,轻声说:"胡四呢,原也不足怪;只是赵老先生也只见其小,却未免——"

"赵老先生到底老了,最不该的,是君觉。他刚才还说舆论对于二老板忽然一变,因此不可不慎重考虑呢!"

"对了,到底是怎么一回事?还有,周九忽然请你吃饭,我也觉得有点怪。

"嘿嘿!"张不忍侧着头望着窗外的天空,"也许是对我示威,也许是想收买——我罢,哼哼!济民,你说,那还不是示威?昨晚上,周九那席酒热闹极啦,从头到尾两个多钟头,主人和客人——除了我，谈的全是二老板报告私货的事。简直把这头号的土劣汉奸说成了民族英雄！周九还怕我恶心不够，特地拉住我说：'哈哈，二老板做人真是又爽直又周到。没一个不说他够交情。你瞧，他又是顶顶热心爱国，不怕结冤，报告了私货；他跟你们真是同志——同志！'济民，昨晚上那席酒，是二老板摇身一变而为民族英雄的纪念酒，也是宣传酒！"

"今天满县城都在歌颂这位'英雄'了！我们学校里也发现了标语！"

"哦？你们学校里也有？"

"校长在朝会时还对全校学生说，二老板才是真真的爱国家！"

"咄，不要脸的东西！"

"可是，不忍，你说，到底这回事是真是假。"

"瞧过去是真的。"

"那么，他自己运了私货自己报告，那不是跟钱袋作对么？"

"也许他报告的是别人的私货——"

"绝对不是！全县的贩私机关就只有他一个！"

"也许他使的是苦肉计。"

"我也是这么看法，然而君觉说不是。君觉以为这是'壮士断腕'的策略。照章程，报告人可以得货价的一半作奖；假如他那批货，本来是三百，充公拍卖是四百，他得了奖赏二百，……"

"只牺牲了一百，是不是？"张不忍淡淡地一笑，"然而今天中午听说是周九买了那批货了，可又怎么算法？"

"当真么？"

"好像是真的。所以我还猜不透那中间的玄虚。不过，济民，无论如何，他这一手的确有强心针的作用。"

"不忍！我猜得了。也许周九零卖出去可以得五百！"

"哦，也许。我们不熟悉商情，这把算盘暂且不去管它。倒是他这强心针，我们怎样对付？"

张不忍两手交叉在胸前，又来回地走着。

朱济民望着空中，徐徐地摇着头，移动了一步，低下头喟然轻声说："群众太幼稚，太容易受欺骗了，——难做！"

突然张不忍转过身来，钉住了看着朱济民："不是！济民，不是群众太幼稚，是他们的爱国情绪很高之故！很高，所以二老板的强心针也能发生作用。我们要利用这高涨的情绪，加紧工作。我们赶快把'捉私团'组织起来。我们要说县境里的私货机关一定不止一处，二老板报告的，只是……"他忽然听得门外一阵脚步声，转脸去看，窗外东侧墙脚有一堆动乱的人影；这时朱济民也看见了，慌忙地四顾，退后一步，似乎想找个躲藏的地方。张不忍大踏步走到门前，开了门。

第一个进来的，却是云仙，劈头就问道："你们说了些什么话？"

张不忍没有回答，只是朝外看。第二个进来的，是赵君芳。朱济民定了定神说：

"原来是你们！"

"我看见还有一个呢，是谁？"张不忍关上了门。

"你们的房东，"赵君芳回答，"看见我们来，他就溜走了。"

云仙开了门再望一下，关了门转身说："他躲在门外偷听！怎么你们不觉得？你们说了些什么？"张不忍咬着嘴唇冷笑。

朱济民惊愕地看着两位女士，两位女士却紧张着脸看着张不忍。

"没有什么要紧话。"张不忍寂寞地笑了笑回答，"我们是什么都可以公开的。派侦探，也是白操心罢了。"

"随便谈谈，"朱济民接口说，"谈那位民族英雄。"

"你还说不是什么要紧话！"云仙对她丈夫瞪了一眼说，转眼又看着朱济民，"我刚到了君芳家里去，她说今天中饭边，陆——陆紫绶找赵老伯谈了半天话。君芳只偷听到一句：'城里有哪些是汉奸,县长已经查访明白。'后来,后来陆紫绶告辞,赵老伯亲自送到大门外。芳!你不是说,老伯送客回来,还自言自语说青年人真真胡闹么?"

赵君芳点头,却眼不转睛地看着张不忍的面孔。

"我和君芳一路来,"云仙朝她丈夫走近一步,"许多人老钉住我看,交头接耳说鬼话。"

"这是因为你也在朝他们看呵!"张不忍淡淡地笑着说,"云仙!神经过敏便……"

"不是神经过敏。我确实看到有一个阴谋正在酝酿,把你我做目标。"

"把我和你当做汉奸么?"张不忍说时微微一笑。

"我跟云仙的意见一样。"赵君芳把声音放得很低,"说不定你们的生命还有危险呢!"

朱济民在旁边听得很清楚,不由的打了一个冷噤;他走到窗前探望了一下,便又走回来对张不忍悄悄地说:"你那个代表,还是不要当了罢。两个已经不肯去,你又何苦独个儿顶枪头。"

"什么代表?"赵君芳很关心地问着。

"就是壮丁训练的代表,去见县长请愿,要求发枪,打靶,教野操。"朱济民回答,"本来孙二和陈维新也是代表。可是他们刚才派人来说,他们都不去了。"

"你也不要去！"云仙对张不忍说，却又转脸望着赵君芳，"对不对，芳？三个人里只去了一个也没有意思。"

张不忍皱着眉头瞥了他们三个一眼，慢慢地说："我要是也不去，以后便不用对壮丁们说话。我是去请愿，并没违法，何必神经过敏。"

暂时大家都没有话，只有张不忍一个人来回地走着的脚步声橐橐橐地响。

张不忍把帽子拿在手里，对云仙说："明天的壁报，稿子都有了；那篇《从取缔游民乞丐说到大汉奸》就放在第一。回头我还想写几句关于'报告私货'和'捉私团'的文字。"

张不忍昂然走了。朱济民扭了扭身子，也说："我学校里还有事。"

屋内剩下两个女的。赵君芳望着窗外，呆看了一会儿，转身拉住了云仙的手。

十二

壁报的第×期，第一篇文章和最后一则短评，确实颇为锋利。然而X县人大部分似乎都没注意。

这是因为有一件更惊心的事压住在人们头顶。

差不多和壁报的贴出同时，由保甲长们传出消息，汉奸们已经在大街小巷都做下了暗号,而这些暗号是有军事作用的。

保甲长们这些消息从哪里来的?县政府!新县长本是现役军人,顶明白这些把戏!

老百姓们凛凛然各人在自己门前搜寻有没有什么异样的,——譬如白粉画的尖角或圈儿。一个上午,满县城忙着这,又谈论着这。

搜寻没有结果。满县城的眼光都惶惶然望着公署。新县长是军人,他有没有法子解救?总该有!

中饭吃过不久有人听得军号声了;有懂得的,说这是"集合"。人们慌慌张张互相报告,互相探听。终于知道了是新县长检阅保安队和保卫团,人们中好奇的又一齐向教场拥去。

新县长坐在马上,多威风,这才像是能够保境抗敌的!陪同新县长检阅的,有鼎鼎大名的二老板,也有赵缉庵;有胡四,也有陆紫翁。胡四跟陆紫翁时时交头接耳。

从教场里飞出来的县长的训话,不用播音机,顷刻间也就传遍了街头巷尾。县长说:取缔游民乞丐是防汉奸,谁反对谁就是汉奸!县长又说:他相信本县的绅士,凡有恒产恒业的,没有一个是汉奸;甘心当汉奸的,都是既无恒产,又无恒业!县长又说:壮丁训练程序自有皇皇政令,不得无故要求变更,摇感人心!

在大街上，周九那铺子的前面，一个人堆裹着嘈杂叫骂的馅。大家认识的黄二姐满脸青筋指着商会职员姚瑞和叫道：

"你这小鬼！你倒有脸说八少奶奶的娘家不及你的娘老子是东门卖豆腐干的？"

"卖豆腐干，"姚瑞和却冷冷地一脸奸猾，"也是正当职业！哼！什么八少奶奶！看她一双手。谁不知道女汉奸打扮得阔？可是一双手不肯挣气，怎么办？"

"你这死了要进拔舌地狱的！"黄二姐嘶声叫着就扑过去想打他巴掌。姚瑞和躲开了，却也卷起袖子来。闲人们忙把黄二姐拉开，又喝道："阿和，不要乱说！人家少奶奶！"

"狗屁少奶奶！"姚瑞和像发酒疯，满嘴唾沫飞溅，"张家的阿八犯了法，他的老婆还是少奶奶？"

"什么话！犯法？还出凭证来！"人堆里好几个声音喊。

姚瑞和怔了一下，但立即又胆壮起来："凭据？今天的壁报，就是凭据！他反对取缔游民乞丐；县长训话，反对的就是汉奸！他冒充壮丁队的代表请什么愿……"

"不是冒充！我们公举他的！"好几个声音。

"不冒充，也犯法！他是汉奸！"也是好几个声音。

这吵闹的馅子发酵了，人声鼎沸，动起武来。程子卿在柜台内急得乱叫："不要打架，不要打架！人家铺子门前！"

十三

那天晚饭时分,张不忍和云仙在自己屋里,云仙的面色不定,张不忍的,却是铁青的。

"他们把壁报撕了。"张不忍的声音略带兴奋,"可是有许多人不让撕,又打了起来,我去找孙二和陈维新,都说不在;他们都躲开了!"

"赵缉庵呢?也不见你么?"

"没有找他。这老头子跟什么二老板讲和,看来是千真万确的!可是胡三先生还见我,他说赵老头子和他还是告二老板的亏空公款,不过他又劝我不要再弄什么壁报,再请什么愿。他们就是那老主意,只反对独吞公款的二老板,不反对汉奸的二老板!"

云仙叹了口气,半晌后这才说:"君芳告诉我,他们造的我的谣言,相信的人多得很呢!我真想不到我这双手会闯了乱子!"

"笑话!云仙!"张不忍拿住了云仙的手,"跟手不相干!问题是在新县长的宣传工作做得巧妙。二老板那一支强心针似乎效力也不错。可是不要紧,我们慢慢地总可以挽救过来。壮丁队里……"

一句话没完，云仙忽然跳起来，对张不忍摇手。"好像听得门外有脚步声呢！"云仙附耳说。

果然有极轻的声音在门外，张不忍脸上的肌肉骤然收紧了，他侧耳再听一下，便猛然大踏步跳到门前，开了门。

"是你！哦！"张不忍看清了门外是程子卿时，捺住了性子冷淡地说。

程子卿迟疑了一会儿，终于挨身进来。

宾主对看着，像是都在等候对方先发言。终于是程子卿勉强笑着说：

"张先生，莫怪；我是吃人家的饭，受人家的使唤，没有办法……"

"不要紧！"张不忍不耐烦似的打断了他的话，"我们的话都可以公开的，不怕人家听了去！"

"咳咳，是，——不是那个，"程子卿满脸通红，眼光看着地下，"这回，不是来偷听张先生的话，不敢，……不是他们叫我来……"

"哦！很好！"张不忍尖利地说，一双眼逼住了程子卿的面孔。

程子卿抬眼和张不忍的眼光对碰了一下，忽然像下了决心，低声说："张先生，我知道你是好人。我来通报你一件祸事,——他们,他们,县里,打算办你一个罪,教——教唆壮丁,扰乱治安。"

"呵!"云仙惊得叫出来。

张不忍却不作声,只把两道尖利的眼光逼住了程子卿的脸。

程子卿的态度也从容些了,更低声地说:"二老板恨得你要死,这人是杀人不见血的。张先生,你还是避一避罢!"

云仙走前一步抓住了张不忍的手,这手有点冷。云仙的手,却有点抖。张不忍把这抖的手紧紧捏住,就对程子卿说:"谢谢你,程先生。我都明白了。"

"那么,你避一避罢。"程子卿又叮嘱一句,便像影子似的走了。张不忍望着乌黑的门外,虔敬地,像教士对着圣像,好半天。

"你打算怎么办?"掩上了门,云仙转身来轻轻说。

"没有什么办。程子卿是忠厚的商人,胆小些。况且这也不是避不避的问题呵!"张不忍慢声回答,微微一笑。

十四

第二天,一清早,县城外河埠头来一条船;船里走出三个人,拿着浆糊桶,毛刷,广告纸,就从城外一路贴起来,广告是卖眼药的,纸上端画着一个戴眼镜秃顶的大胡子,一派的亲善气概。这三人一队一路张贴到城里，就有七八个小孩子跟在背后指指点点说笑。

广告是大街小巷都贴。也有只贴一张的，也有并排贴二张的。这眼药是外国货，同属这一国的卖药广告常常有人到X县里来张贴，X县人向来并不觉得奇怪。然而这一次却引起了注意。

中心小学附近有两个闲人研究这些新贴的广告。穿长衣的一位歪着头说：

"哦，街东的，全是两张一排，街西的只贴一张。哈哈，招纸带得不多，送不起双份了。"

"不是罢。我看见他们还剩下一大卷。"麻面的短衣汉子表示了不同的意见。

"哼哼！你看见？"长衣人把眼一瞪，"你说，为什么两边不一样，多难看！"

麻面汉子只用两手摸着脸，承认了理屈。可是长衣人还不肯下台，看见有人从中心小学走出来，就迎上去叫道："喂，校长，看这些广告，一边双份，一边单张，可不是带的不多么？"

校长眯细着眼睛看了半晌，忽然正色答道："那有意思的。我说，那有作用的。你瞧，这是小鬼的广告啦。"

"哦，小鬼的广告，不要弄错了罢？"长衣人迟疑地说，聚精会神再看那些广告。

"一定不错！"校长郑重宣言，"瑞和，老弟，讲到这上头，哈，你就不如我了！"

麻面汉子在旁边噗嗤一笑。但是恐怕那位商会职员见怪，赶快走开。商会职员姚瑞和倒并没觉出，一手摸着下巴，沉吟地说："小鬼的，哦，那——我就要去报告会长了。"

"对呀，我说是有作用的。"

"不管有没有，我一定要去报告。"姚瑞和一边说，一边就匆匆自去。他逢人就说："眼药广告是小鬼的，"有时更加上一句，"有作用的！"

立刻满街的人都在谈论这件事了。有人还做出（也许是想出）统计来：单的是多少，双的又是若干。待到大街上那茶楼里的高雅茶客们研究这件事，"作用"已经具体化而为"军事上的暗号"。

"一定是暗号！"陆紫翁大声说，"双双单单是引路的。《水浒传》上祝家庄里——的白杨树，可不是暗号么？"

胡四坐在陆紫翁斜对面，不住地点头。

姚瑞和满面红光像打了胜仗那样来了。最近半小时内，他已经一口咬定那"暗记号"是他的发明，因而俨然已是一位堂堂的"民族英雄"。可是见了陆紫翁，他还不能不是老样子的商会职员。当陆紫翁朝他笑了笑时，他赶快将两手在身边一逼，脸儿上什么表情也没有，眼光射在自己的鼻尖上。

满县城的老百姓都为这新来的"暗号"而惴惴不安；说不定什么时候会有千军万马杀来呵！

然而茶楼里的陆紫翁却谈笑风生："好在新县长是军人，县长一定有办法！"

下午，听说县公署召集了紧急会议。会议还没散，就纷纷传说要大捉汉奸。三点钟光景，果然全体保甲长协同保安队同保卫团分途出发。又一次震惊全城耳目的大事件。汉奸捉到了没有？谁是汉奸？老百姓们一时无暇顾及。老百姓们亲眼看见的，是新贴的那些眼药广告全数被撕去了。

太阳快落山的时候，广告已经肃清完毕。无数的戴眼镜秃顶的大胡子都被押解到教场上，堆成一座小山。就在那里放了一把火烧掉。上千的人，在那里看这X县有史以来的盛典。

"各位父老兄弟诸姑姊妹！今夜可以放心睡觉了。敌人的暗号已经消灭，这全靠县长为国为民，忠义勇敢！县长万岁！"

在火光中作了这样简单而庄严的演说的，是三天前报告私货的二老板。群众拍掌。姚瑞和虽然是"暗号"的发见者，却没有资格演说，也杂在人堆里拍掌。

然而同在这时候，四个保安队，二个法警，簇拥着张不忍夫妇到县公署去了。当夜没有出来。

十五

早晨六点到八点,壮丁训练,发生了好几次的扰乱。教练官怒跳得脚也酸了;然而过半数壮丁们固执地不肯服从口令立正稍息。他们要求更有实用的操法。

街头巷尾,有人聚谈着张不忍夫妇被县长"请去"的消息,一些眼睛睁得滚圆,一些唾沫飞溅。

十点过后,赵缉庵,胡三先生,一脸严肃,去见县长。他们要求保释隔夜被留的两位。

县长说:"并没难为他们。谣言多,我是爱护他们才要他们进来休息几天。可是,今天正有一件事要请大家来商量,两位来得刚好。"

县长拿出一张纸来。两位一看,第一行是"以一日贡献国家"。

大概这件事又得命令全体保甲长出动了。X县是天天在热闹紧张的空气里的。

(选自《"十年"续集》,开明出版社1936年版)

"一个真正的中国人"

照例七点钟喝牛奶。太太亲手放好两块半方糖,端到床上。描金的福建漆盘子里放着当天的报。

照例,太太坐在床头,含笑看着丈夫慢慢地喝着牛奶,看着丈夫匆匆地翻读当天的报。照例是先看广告,然后是本埠新闻,末了才轮到国内外要闻;到这时候,牛奶杯里也空了,丈夫放开报纸,朝太太笑了一笑(这也是照例的笑),接着是伸个懒腰,或是尖着两手的食指在两边的太阳穴揉了几下,然后仰脸往后一倒,把脑袋埋在鸭绒的靠枕里,闭了眼睛。这是要把当天须办的事通盘想一想了。这时太太便去按电铃,久候在那里的阿娥姐便像影子一般踅进来,端去了牛奶杯,盘,和报纸,太太也跟着出去,轻轻地把房门带上。

这是两年来这家老爷的生活科学化的合理状态。老爷开始"服务社会"的时候,还没有那些规矩;牛奶是喝的,但并不一定在床上,也不用太太亲手放糖,亲手端来,自然更无须太太坐在床头,瞧着喝完。那时候,照例是老爷先起身,自己开了窗,透透空气，于是阿娥姐之流便小心地推门进来，小小的轻快的步子在房里团团转；太太呢，侧面倚枕，眼皮半开半阖。

然而自从老爷的事业有了开展，而且从"服务社会"进为"服务民族"了，老爷便一天一天的觉得应该为民族而珍惜自己，首先是把个人生活来"合理化"，事务愈忙，他却愈要一板三眼，好整以暇，其次是要太太"回到厨房"，——老爷在家吃午饭的机会，一年里只有两三次，在家吃晚饭也不过三四十回，但早餐是终年在家用的，也只有从早餐的牛奶里太太可以表现她是怎样虔恭地"回到厨房"，所以每天早上的亲手放糖和亲手端来，便成为隆重的典礼。

干么又必须太太陪坐在床头，瞧着喝完呢？这应当归功于老爷的虽然"合理化"但也有"柔情"，虽然是事业家但也颇"诗人似的"。老爷的每一根神经纤维（不是每一滴血）都贡献给民族了，"个人的享乐，我早已抛在脑后"，——他常常这样说，然而每天早晨喝牛奶的时间他以为应当"私有"；他有他的抒情诗味的道理："一昼夜念四小时内，只这一刻工夫我们领略点清闲甜蜜的味儿，也是合理的。夫妇间的恩爱，两个人的灵魂的合一，也只有默然相对忘言的当儿，才是人生中最难得的真味，——也是正味。"

"可是，为什么你同时又要看报呢？"当老爷第一次发表这抒情诗味的道理时，太太是这样戏问过的。但老爷的回答依然非常合理："啊哈，好太太！因为我的时间是宝贵的；但是，我的眼看着报，我的心却看着你！"他当即腾出一只手来轻轻地捏住了太太的手。

于是乎太太不能不满意。不过日子久了以后，太太却自觉得自己的一颗心并不能恬静地看着丈夫，有时冥想，有时则注意丈夫脸上的表情，而这些表情当然是由报纸引起的。太太甚至于也想到第一个孩子刚满周岁那时的不好脾气：必须她陪卧在旁边，摸着她的胸脯，才能入睡。但每逢想到这，太太便赶快正心诚意起来，抱歉似的把含笑化成微笑，心里对自己说："他一天忙到晚，为了民族；这一点癖性，一点安慰，我是应该依顺，应该给的。"

这一天，照例的事情正在照例进行。老爷这边却有了不照例的举动。他抖开报纸，先看国内要闻。

坐在侧面的太太此时大约上了心事，虽然习惯地含笑瞧着丈夫的面孔，竟没有留意到丈夫脸上的表情。直到丈夫手里的报纸忽然豁萨一响，她这才如梦初醒。丈夫已经将报纸撇在一旁，伸手拿起牛奶杯了。

"嗯——"太太的不折不扣的抱歉化成了这么单纯的一声，但她的眼光虽然温柔却又惊讶。

"哦！"老爷似乎是回答。但在懂得老爷那些"哦""啊"的意义的太太听来，便知道不是，何况老爷的眉头又皱起来了。太太于是轻舒玉臂，几乎伏在老爷身上似的用手到老爷前额摸了一摸。好像有点发烧。太太夸张地把眼一睁，嘴巴张大。但是不等太太出声，老爷推开了太太的臂膊，端起牛奶杯，搁在嘴唇边。

"哎！"老爷的声音里带几分不耐烦，呷了一口牛奶，"没有什么，——可是，今天牛奶里，糖搁多了罢？"

"没有搁多呀，照旧是两颗哪！"太太吃惊地回答，眼光钉住了老爷的脸；可是她立即又装出不依的神气，失声笑道："不要骗我。你心上不痛快。不是牛奶太甜，恐怕是报纸上有什么苦了一点呢！"

老爷不置可否地干笑了一声，再喝牛奶。

太太就要拿报纸来看，但是被老爷伸手按住，一面咽咽咽地一口气将牛奶喝完，放下杯子，颓然倒在靠枕上了。

"何苦呢！国家大事——"太太连忙笑了一笑，把下半句话缩住，她险些儿忘记了丈夫是每一根神经纤维都贡献给民族的。

幸而老爷脸上没有表情。然而眼光是定定的，足见忧虑之深而且远。

太太也忘记了照例的规矩，亲自把牛奶杯和福建漆盘移到窗前一张空桌子上，并且惘然站在梳妆台前，朝镜子里的自己打量了一眼。

"咳！原来昨晚上的谣传应了验！"老爷自言自语起来，"什么和平解决，他妈的！"忽然顿住了，他警觉地朝太太瞥了一眼。这句"国骂"，在太太之流面前是从来不出口的，虽然在厂里他时时用到。他伸手在脸上抹一把，就唤着太太道："你不知道，纲纪是要紧的；打几仗，死万把人，算得什么！可是偏有一些人主张和平解决。连钱老板那样的大银行家也要和平，怎么叫人不生气。"

"嗯嗯，"太太一面应着，一面走到床前。她记得丈夫常常说，吃过东西动肝火，不是养生之道，而且她又相信丈夫是应该"为民族"而"珍惜自己"的，她就温柔地坐在床头，劝道："你的话自然不错，不过人家既然和平解决了，你白生气也没用呀。我们的厂是毛绒厂，人家打仗也用不了毛绒，你又不做军火掮客，你真是何苦。'一·二八'那时，你不是天天盼望停战和平么？……"

"嘿！"老爷一声怒叫就将太太的话吓断了。

太太迟疑地伸起手来，又想摸摸老爷的额角，但是被老爷劈手格开。同时老爷说：

"我并没发烧。不要奶奶经。太太！怎么你越来越糊涂了？

打个比方：邻舍相处自然和为贵，可是，要是我们的大司务老妈子放肆起来了呢？"

太太点一下头，说到大司务，她可有点感慨了。自从老爷要她"回到厨房"，每天大司务买菜以前要来向她请示，买来以后又要请她过目，菜要下锅了，又要请她下厨督办；这都是老爷的"法律"，虽则太太为了尊重老爷的意旨没敢对大司务说"算了罢，随你去做"，然而她实在厌烦透顶了。

太太微笑地看着老爷，又点一下头。

老爷这可当真高了兴了，他就把太太当作和平论者的代表追击起来：

"还有，人无远虑必有近忧。我们的邻舍口口声声要和我们共同防共呢，我们赶快撇清，——赶快自己检举还来不及，怎么放着逆党不去讨伐，反要和平起来？人家抓住了把柄，开几师团兵来，放几百架飞机来，可怎么办？吃得消么？难道当真和人家开战么？哼，太太，那时候，不要说我们的毛绒厂会变成一堆灰，我和你也休想这么舒舒服服谈天了！"

太太瞪大了眼睛，完完全全认输了。

但这回老爷并没因太太的认输而高兴，太太之作为和平论者的代表，到底只是他的假想罢了；他反倒被自己的议论引起了恐怖和悲哀，把脑袋往鸭绒靠枕上埋得更深些，颓然闭上了眼。

太太忽听得房门外像有人走动，就轻手轻脚离开床前轻声儿问道："谁在房外？"

"是我，"阿娥姐的声音，"等了好久还没听见电铃响，我来看看，——怕是电铃坏了。"

于是太太又记起日常的规矩来了，一面回答说"没有坏"，一面却又下意识地按起电铃来。

阿娥姐捧着搁放牛奶杯的盘子出去时，太太也跟了出去，随手轻轻地将门带上，但报纸是忘记在房里床上。

八点半，少爷小姐们坐了老爷的汽车上学；九点钟，汽车回来，老爷坐了去办公。这以后，就是太太带着小小姐坐镇公馆。下午四点钟，太太就得打出电话去问老爷，自家汽车去接放学的少爷小姐呢，还是不？要是不呢，太太又得打电话到学校预先说明，然后再由阿娥姐之流坐了出差汽车去接。这也是老爷定的法律。

少爷小姐回来后第一件事，是吃点心。这是大司务早就端整好的，但照例要请太太下厨监制。老爷常常说，大司务之类最没"良心"，不亲自去督察，便要弄得不干净，有碍卫生。大约五点钟过些儿，太太最忙了。一面要听少爷小姐报告一天在学的经过（太太回头得向老爷报告的），一面又要打出电话去，四处找老爷，问他夜饭回不回来吃。这又都是老爷定的法律。

只有带同小小姐坐镇的期间，是清闲的。

太太本来不缺少朋友，自己面上的和老爷面上的。然而自从老爷宣布"生活合理化"以来，太太的朋友们嫌清谈无味，就不大肯上公馆来；太太出去呢，本在不禁之例，可是得先打电话通知老爷，也觉麻烦。因此太太除了礼仪上的应酬以及买东西，就不大出门了。

老爷这么说过："你看，一星期内，礼不可缺的应酬，少则一两次，多则三四次；买东西，必须你亲自去的，也得一二次。我想你够忙了，哪里还有精神时间去作无谓的消遣。"

太太受过教育，明白道理，自然心悦诚服，并无怨言。

太太偶然想起了一个消遣的方法：用两股头的细绒绳替小小姐结一件衬衫。太太从前在学校的时候，一过了重阳节，总是手挽着绒绳袋去上课的；那时同学们通行用十字布挑花的绒绳袋，太太的却是丝绒的，一对红熟的竹针插在袋里，露出二寸光景，像两只角。这一副竹针，曾经全校闻名；因为有一次搁在书桌上，那位老花眼的国文教师误认为新式的铅笔，竟要借去画点名簿了。现在这副竹针早已不知去向，太太就买了新的。但是不知道是新针不听使唤呢，还是太太荒疏得太久，刚结了寸把阔的一条，太太就觉得手指节酸痛起来。她几乎要半途而废了，要不是老爷给以意外的鼓励。

凑巧是老爷在家吃夜饭，他拿起那"未完成的杰作"看了一眼，就正经得什么似的说："太太！你真是了不起的发明家！这比来路货的羊毛衫好多了，又软又薄又暖！我猜一猜，价钱也是又便宜罢？"

"顶多用半块钱的绒绳。"太太笑吟吟地说。

"啊！来——替我也打一件，我拿来代替羊毛衫。"

"你么？你是大块头，绒绳得花四块钱。"

"也还是大大的上算！"老爷一边说一边撮起那手工品来揉了一把。

太太却为难了。她不相信自己会有耐心用两股的细绒绳结那么一件衬衫，然而习惯上她又不能给老爷一个扫兴；她沉吟了一会儿说："不过，这种绒绳，听说是某国货呢，你穿了恐怕不合式。"

"要什么紧！"不料老爷甚为坦然，"我们用来路货的羊毛衫，也一样是金钱外溢。"

太太应酬似的点着头，可是态度之不踊跃，却显而易见。老爷其实也颇贤明，倘使太太直说结细绒线衣是太累，老爷也会一笑搁开。但现在太太只举"某国货"为理由，好像买了西洋货就不算不爱国，这是老爷向来不以为然的；老爷也常常和抱着太太同样见解的人们辩论，以为"买点日用品虽属小事，然而某国货则不可西洋货则可的非东即西主义，正是民族不能自力更生的大病源"；老爷的理论是：货，何择于东西，只要于民族有利，——就是上算；"东山老虎要吃人，西山老虎何尝不吃人"，他用这样的逻辑来建立他的"某国货并非绝对不可买说"。

老爷觉得非把太太当作"非东即西主义者"的代表而加以开导不可了：

"哦，太太！可是一件来路货的羊毛衫顶起码也要二十块呵，买了细绒绳来结，你说只要四块，——二十比四，反正都是金钱外溢，少流出十六块去倒不好么？所以我常说他们那些不买某国货的人们太感情作用，感情是不能复兴民族的。"

太太连忙点头，一来是盼望老爷适可而止，休息休息，二来是想起已到了下厨去督办的时间。但是老爷正在兴头上，福至心灵，忽地想到一层新的更坚强的理由来，不乘机发表，那就太可惜。

"况且，细绒绳是什么？——"老爷双眉一耸，把脸对正了太太，等待着一个满意的答复。

"细绒绳是两股头的。"

"哎，太太！"老爷似乎很扫兴，"细绒绳是半制品——半制品。这跟羊毛衫大不相同。一个国家多输入些半制品，倒是好现象呢！……"

太太赶快连连点头，一面站起来"回到厨房"，一面说，"那么，明天去买去。"

太太是受过教育，明白道理的；为了帮助老爷"服务民族"，就是不耐烦的事也只好耐烦些。

大凡一件事的性质由"消遣的"而变为"义务的"，便觉得兴味索然了，"生活合理化"以前太太对于打牌就有过这样的感觉；如果在"义务"上头再加一顶堂堂皇皇的大帽子，那简直是肉麻，太太虽则敬爱丈夫，这一点敏感却也是有的。一天，她正在勉力奉行老爷的"新法令"，忽然另一家的太太来了，知道是给老爷代替羊毛衫的，那位尊贵的客人就啧啧呀呀起来：

"哦，你真有耐心，真做人家，可是，这几个小钱，何苦省它；累坏了身子，反而不好。"

做主人的太太脸有点红了，她不好意思把老爷那一番大道理搬演出来，只把"消遣论"作为并不贪省几个小钱的辩解。

第二天，太太就将那刚开头的细绒绳衫拿出去雇人打了，但自然瞒着老爷。

于是太太带着小小姐坐镇的时间只好慢慢地另找消遣的法儿。

每天早晨老爷出门以后,太太便打电话到亲戚朋友家里,无话不谈,什么都要打听;太太往往由此添出了若干本非必要的应酬,把大半天的时间对付了过去。要是打听的结果,连A公馆的小少爷伤风停食,B公馆的少太太跟少老爷吵嘴那一类的事都没有,那么,这天的如何消磨,可就成了问题。

有时为了筹划消遣方法,这边想想,那边问问,居然不知不觉就到了少爷小姐放学的时候,那时,太太也会松一口气,觉得如释重负。

幸而这样的情形,一个月里至多一二回。

老爷在喝牛奶时破例大发议论这一天,正逢到太太无事可做,又得苦心筹划消遣的法儿。她先想找要好的姊妹淘,不料打电话去一问,都说不在家里;于是又想到百货公司瞧瞧有什么新鲜东西。

主意打定,太太就吩咐大司务,午饭提早半个钟头。

吃过饭后,太太便慢慢儿打扮起来。小小姐听说要上百货公司去,老早就逼着阿娥姐给换了衣服,坐在那里老等了。

太太准备齐全,正要吩咐用人去雇汽车,忽然大门口喇叭响,阿娥姐听出那声音是老爷的车子。

太太赶快下楼,老爷已经歪在客厅里的长沙发上,手指里夹着半根雪茄。太太急步上前,同时却想到早上老爷喝牛奶时的动肝火,便伸出手去打算摸老爷的太阳穴。

这手却被老爷半路里接住,而且颇为大意似的往旁边一带,接着老爷又懒懒地说:

"没有什么。刚才同几个熟人到麦瑞,吃到一半,觉得——心口不大舒服。没有什么,就会好的。"

太太在长沙发旁边一只矮凳上坐了,迟疑地说:"请黄医生来看看罢?"

"不必!"老爷摇着头,闭了眼;过一会儿,忽然冷笑一声,又说:"真怪!太太,你想,陆老板也不主张打!今天吃中饭,我一张嘴敌他们四张。——"

太太的人工细眉毛皱起来了,但因老爷的眉毛梢朝下一挂,太太便赶快松开眉结,逼出个微笑。

老爷又说下去了:"闷气的事还有呢!他们说起《字林西报》曾发一篇社论,"老爷用手在口袋上拍了一拍,"我也找了来了,你看,真怪!"

这时小小姐走过来,拉住了太太的手,仰起小脸,一对乌黑的眼珠紧望着太太,显然是在问妈妈还去不去百货公司了。太太下意识地把女儿拉拢些,让她偎在身旁,迟疑了一会儿这才叫道:"阿娥姐,你带小小姐到公司去一趟罢。她要什么玩的呢,买几样;可是不许买吃的给她。"

"哦,你们要去买东西么?"老爷出惊地说,方才发现太太和小小姐都已经打扮过了。"尽管去罢!我正要静静儿写封信投到《字林西报》通讯栏去——"

"啊哟!你要写信去干么?你心口不舒服,倒要用脑筋了么?"

"你不知道的。写了出去,痛快一下,自然心口里不会胀闷了。你们自管自去罢!"

太太睁大了眼睛,猜不透素来鄙夷"舞文弄墨"的老爷为什么变了性格;并且她又忽然想到要是信寄去了不给登出来,或者虽然给登,主笔先生却加个什么按语嘲笑几句,那可太难下台了,对方况且是外国人办的报!太太觉得非苦谏不可了。

"你不要写,好么?你不要写!你是场面上人,犯不着跟弄笔头的人斗嘴呀!你不要哪!"

"你不要管!"老爷忽然有点暴躁,"你们自管上百货公司去!"于是把口气放温和些,"太太,你不用担心,我不用真姓名——"

"那么,你用什么?"

"我么?"老爷说着就站起来了,"你们快去罢!带两盒雪茄来。——我的署名,我想好了:一个真正的中国人!"

1936年2月5日

(原载1937年3月10日《工作与学习丛刊》一:《二三事》)

水藻行

一

连刮了两天的西北风,这小小的农村里就连狗吠也不大听得见。天空,一望无际的铅色,只在极东的地平线上有晕黄的一片,无力然而执拗地,似乎想把那铅色的天盖慢慢地熔开。

散散落落七八座矮屋,伏在地下,甲虫似的。新稻草的垛儿像些枯萎的野菌;在他们近旁以及略远的河边,脱了叶的乌桕树伸高了新受折伤的桠枝,昂藏地在和西北风挣扎。乌桕树们是农民的慈母;平时,她们不用人们费心照料,待到冬季她们那些乌黑的桕子绽出了白头时,她们又牺牲了满身的细手指,忍受了千百的刀伤,用她那些富于油质的桕子弥补农民的生活。

河流弯弯地向西去,像一条黑蟒,爬过阡陌纵横的稻田和不规则形的桑园,愈西,河身愈宽,终于和地平线合一。在夏秋之交,这快乐而善良的小河到处点缀着铜钱似的浮萍和丝带样的水草,但此时都被西北风吹刷得精光了,赤膊的河身在寒威下皱起了鱼鳞般的碎波，颜色也忿怒似的转黑。

财喜，将近四十岁的高大汉子，从一间矮屋里走出来。他大步走到稻场的东头，仰脸朝天空四下里望了一圈，极东地平线上那一片黄晕，此时也被掩没，天是一只巨大的铅罩子了，没有一点罅隙。财喜看了一会，又用鼻子嗅，想试出空气中水分的浓淡来。

"妈的！天要下雪。"财喜喃喃地自语着，走回矮屋去。一阵西北风呼啸着从隔河的一片桑园里窜出来，揭起了财喜身上那件破棉袄的下襟。一条癞黄狗刚从屋子里出来，立刻将头一缩，拱起了背脊；那背脊上的乱毛似乎根根都竖了起来。

"嘿，你这畜生，也那么怕冷！"财喜说着，便伸手一把抓住了黄狗的颈皮，于是好像一身的精力要找个对象来发泄发泄，他提起这条黄狗，顺手往稻场上抛了去。

黄狗落到地上时就势打一个滚，也没吠一声，夹着尾巴又奔回矮屋来。哈哈哈！——财喜一边笑，一边就进去了。

"秀生！天要变啦。今天——打蕰草去！"财喜的雄壮的声音使得屋里的空气登时活泼起来。

屋角有一个黑魆魆的东西正在蠕动，这就是秀生。他是这家的"户主"，然而也是财喜的堂侄。比财喜小了十岁光景，然而看相比财喜老得多了。这个种田人是从小就害了黄疸病的。此时他正在把五斗米分装在两口麻袋里，试着两边的轻重是不是平均。他伸了伸腰回答：

"今天打蕴草去么？我要上城里去卖米呢。"

"城里好明天去的！要是落一场大雪看你怎么办？——可是前回卖了柏子的钱呢？又完了么？"

"老早就完了。都是你的主意，要赎冬衣。可是今天油也没有了，盐也用光了，昨天乡长又来催讨陈老爷家的利息，一块半；——前回卖了柏子我不是说先付还了陈老爷的利息么，冬衣慢点赎出来，可是你们——"

"哼！不过错过了今天，河里的蕴草没有我们的份了？"财喜暴躁地叫着就往屋后走。

秀生迟疑地望了望门外的天色。他也怕天会下雪，而且已经刮过两天的西北风，河身窄狭而又弯曲的去处，蕴草大概早已成了堆，迟一天去，即使天不下雪也会被人家赶先打了去；然而他又忘不了昨天乡长说的"明天没钱，好！拿米去作抵！"米一到乡长手里，三块多的，就只作一块半算。

"米也要卖，蕴草也要打；"秀生一边想一边拿扁担来试挑那两个麻袋。放下了扁担时，他就决定去问问邻舍，要是有人上城里去，就把米托带了去卖。

二

财喜到了屋后,探身进羊棚(这是他的卧室),从铺板上抓了一条蓝布腰带,拦腰紧紧捆起来。他觉得暖和得多了。这里足有两年没养过羊,——秀生没有买小羊的余钱,然而羊的特有的骚气却还存在。财喜是爱干净的,不但他睡觉的上层的铺板时常拿出来晒,就是下面从前羊睡觉的泥地也给打扫得十分光洁。可是他这样做,并不为了那余留下的羊骚气——他倒是喜欢那淡薄的羊骚气的,而是为了那种阴湿泥地上常有的腐浊的霉气。

财喜想着趁天还没下雪,拿两束干的新稻草来加添在铺里。他就离了羊棚,往近处的草垛走。他听得有哼哼的声音正从草垛那边来。他看见一只满装了水的提桶在草垛相近的泥地上。接着他又嗅到一种似乎是淡薄的羊骚气那样的熟习的气味。他立即明白那是谁了,三脚两步跑过去,果然看见是秀生的老婆哼哼唧唧地蹲在草垛边。

"怎么了?"财喜一把抓住了这年青壮健的女人,想拉她起来。但是看见女人双手捧住了那彭亨的大肚子,他就放了手,着急地问道:"是不是肚子痛?是不是要生下来了?"

女人点了点头;但又摇着头,挣扎着说:

"恐怕不是,——还早呢!光景是伤了胎气,刚才,打一桶水,提到这里,肚子——就痛的厉害。"

财喜没有了主意似的回头看看那桶水。

"昨夜里,他又寻我的气,"女人努力要撑起身来,一边在说,"骂了一会儿,小肚子旁边吃了他一踢。恐怕是伤了胎气了。那时痛一会儿也就好了,可是,刚才……"

女人吃力似的唉了一声,又靠着草垛蹲了下去。

财喜却怒叫道:"怎么?你不声张?让他打?他是哪一门的好汉,配打你?他骂了些什么?"

"他说,我肚子里的孩子不是他的,他不要!"

"哼!亏他有脸说出这句话!他一个男子汉,自己留个种也做不到呢!"

"他说,总有一天他白刀子进,红刀子出,——我怕他,会当真……"

财喜却笑了:"他不敢的,没有这胆量。"于是秀生那略带浮肿的失血的面孔,那干柴似的臂膊,在财喜眼前闪出来了;对照着面前这个充溢着青春的活力的女子,发着强烈的近乎羊骚臭的肉香的女人,财喜确信他们这一对真不配;他确信这么一个壮健的,做起工来比差不多的小伙子还强些的女人,实在没有理由忍受那病鬼的丈夫的打骂。

然而财喜也明白这女人为什么忍受丈夫的凌辱;她承认自己

有对他不起的地方，她用辛勤的操作和忍气的屈伏来赔偿他的损失。但这是好法子么？财喜可就困惑了。他觉得也只能这么混下去。究竟秀生的孱弱也不是他自己的过失。

财喜轻轻叹一口气说：

"不过，我不能让他不分轻重乱打乱踢。打伤了胎，怎么办？孩子是他的也罢，是我的也罢，归根一句话，总是你的肚子里爬出来的，总是我们家的种呀！——咳，这会儿不痛了罢？"

女人点头，就想要站起来。然而像抱着一口大鼓似的，她那大肚子使她的动作不便利。财喜抓住她的臂膊拉她一下，而这时，女人身上的刺激性强烈的气味直钻进了财喜的鼻子，财喜忍不住把她紧紧抱住。

财喜提了那桶水先进屋里去。

三

蕰草打了来是准备到明春作为肥料用的。江南一带的水田，每年春季"插秧"时施一次肥，七八月稻高及人腰时又施一次肥。在秀生他们乡间，本来老法是注重那第二次的肥，得用豆饼。有一年，豆饼的出产地发生了所谓"事变"，于是豆饼的价钱就一年贵一年，农民买不起，豆饼行也破产。

贫穷的农民于是只好单用一次肥，就是第一次的，名为"头壅"；而且这"头壅"的最好的材料，据说是河里的水草，秀生他们乡间叫做"蕰草"。

打蕰草，必得在冬季刮了西北风以后；那时风把蕰草吹聚在一处，打捞容易。但是冬季野外的严寒可又不容易承受。

失却了豆饼的农民只好拼命和生活搏斗。

财喜和秀生驾着一条破烂的"赤膊船"向西去。根据经验，他们知道离村二十多里的一条汊港里，蕰草最多；可是他们又知道在他们出发以前，同村里已经先开出了两条船去，因此他们必得以加倍的速度西行十多里再折南十多里，方能赶在人家的先头到了目的地。这都是财喜的主意。

西北风还是劲得很，他们两个逆风顺水，财喜撑篙，秀生摇橹。

西北风戏弄着财喜身上那蓝布腰带的散头，常常搅住了那支竹篙。财喜随手抓那腰带头，往脸上抹一把汗，又刷的一声，篙子打在河边的冻土上，船唇泼剌剌地激起了银白的浪花来。哦——呵！从财喜的厚实的胸膛来了一声雄壮的长啸，竹篙子飞速地伶俐地使转来，在船的另一边打入水里，财喜双手按住篙梢一送，这才又一拖，将水淋淋的丈二长的竹篙子从头顶上又使转来。

财喜像找着了泄怒的对象，舞着竹篙，越来越有精神，全身淌着胜利的热汗。

约莫行了十多里，河面宽阔起来。广漠无边的新收割后的稻田，展开在眼前。发亮的带子似的港汊在棋盘似的千顷平畴中穿绕着。水车用的茅篷像一些泡头钉，这里那里钉在那些"带子"的近边。疏疏落落灰簇簇一堆的，是小小的村庄，隐隐浮起了白烟。

而在这朴素的田野间，远远近近傲然站着的青森森的一团一团，却是富人家的坟园。

有些水鸟扑索索地从枯苇堆里飞将起来，忽然分散了，像许多小黑点子，落到远远的去处，不见了。

财喜横着竹篙站在船头上，忽然觉得眼前这一切景物，虽则熟习，然而又新鲜。大自然似乎用了无声的语言对他诉说了一些什么。他感到自己胸里也有些什么要出来。

"哦——呵！"他对那郁沉的田野，发了一声长啸。

西北风把这啸声带走消散。财喜慢慢地放下了竹篙。岸旁的枯苇苏苏地呻吟。从船后来的橹声很清脆，但缓慢而无力。

财喜走到船梢，就帮同秀生摇起橹来。水像败北了似的嘶叫着。

不久，他们就到了目的地。

"赶快打罢！回头他们也到了，大家抢就伤了和气。"

财喜对秀生说，就拿起了一付最大最重的打菹草的夹子来。他们都站在船头上了，一边一个，都张开夹子，向厚实实的蕰草堆里刺下去，然后闭了夹子，用力绞着，一拖，举将起来，连河泥带菹草，都扔到船肚里去。

汉港里泥草像一片生成似的，抵抗着人力的撕扯。河泥与碎冰屑，又增加了重量。财喜是发狠地搅着绞着，他的突出的下巴用力扭着；每一次举起来，他发出胜利的一声叫，那蕰草夹子的粗毛竹弯得弓一般，吱吱地响。

"用劲呀，秀生，赶快打！"财喜吐一口唾沫在手掌里，两手搓了一下，又精神百倍地举起了蕰草夹。

秀生那张略带浮肿的脸上也钻出汗汁来了。然而他的动作只有财喜的一半快，他每一夹子打得的蕰草，也只有财喜一半多。然而他觉得臂膀发酸了，心在胸腔里发慌似的跳，他时时轻声地哼着。

带河泥兼冰屑的蕰草渐渐在船肚里高起来了，船的吃水也渐渐深了；财喜每次举起满满一夹子时，脚下一用力，那船便往外侧，冰冷的河水便漫上了船头，浸过了他的草鞋脚。他已经把破棉袄脱去，只穿件单衣，可是那蓝布腰带依然紧紧地捆着；从头部到腰，他像一只蒸笼，热气腾腾地冒着。

四

　　欸乃的橹声和话语声从风里渐来渐近了。前面不远的枯苇墩中，闪过了个毡帽头。接着是一条小船困难地钻了出来，接着又是一条。

　　"啊哈，你们也来了么？"财喜快活地叫着，用力一顿，把满满一夹的蒲草扔在船肚里了；于是，狡猾地微笑着，举起竹夹子对准了早就看定的菹草厚处刺下去，把竹夹尽量地张开，尽量地搅。

　　"嘿，怪了！你们从哪里来的？怎么路上没有碰到？"

　　新来的船上人也高声叫着。船也插进蕰草阵里来了。

　　"我们么？我们是……"秀生歇下了蕰草夹，气喘喘地说。然而财喜的元气旺盛的声音立刻打断了秀生的话：

　　"我们是从天上飞来的呢！哈哈！"

　　一边说，第二第三夹子又对准蕰草厚处下去了。

　　"不要吹！谁不知道你们是钻烂泥的惯家！"新来船上的人笑着说，也就杂乱地抽动了粗毛竹的蕰草夹。

　　财喜不回答，赶快向拣准的蕰草多处再打了一夹子，然后横着夹子看了看自己的船肚，再看看这像是铺满了乱布的汊港。他的有经验的眼睛知道这里剩下的只是表面一浮层，而且大半是些萍片和细小的苔草。

他放下了竹夹子，捞起腰带头来抹满脸的汗，敏捷地走到了船梢上。

洒滴在船梢板上的泥浆似乎已经冻结了，财喜那件破棉袄也胶住在船板上；财喜扯了它起来，就披在背上，蹲了下去，说："不打了。这满港的，都让给了你们罢。"

"哼！拔了鲜儿去，还说好看话！"新来船上的人们一面动手工作起来，一面回答。

这冷静的港汊里登时热闹起来了。

秀生揭开船板，拿出那预先带来的粗粉团子。这也冻得和石头一般硬。秀生奋勇地啃着。财喜也吃着粉团子，然而仰面看着天空，在寻思；他在估量着近处的港汊里还有没有蕰草多的去处。

天空彤云密布，西北风却小些了。远远送来了呜呜的汽笛叫，那是载客的班轮在外港经过。

"哦，怎么就到了中午了呀？那不是轮船叫么！"

打蕰草的人们嘈杂地说，仰脸望着天空。

"秀生！我们该回去了。"财喜站起来说，把住了橹。

这回是秀生使篙了。船出了那汊港，财喜狂笑着说："往北，往北去罢！那边的断头浜里一定有。"

"再到断头浜？"秀生吃惊地说，"那我们只好在船上过夜了。"

"还用说么！你不见天要变么，今天打满一船，就不怕了！"财喜坚决地回答，用力地推了几橹，早把船驶进一条横港去了。

秀生默默地走到船梢，也帮着摇橹。可是他实在已经用完了他的体力了，与其说他是在摇橹，还不如说橹在财喜手里变成一条活龙，在摇他。

水声泼鲁鲁泼鲁鲁地响着，一些不知名的水鸟时时从枯白的芦苇中惊飞起来，啼哭似的叫着。

财喜的两条铁臂像杠杆一般有规律地运动着；脸上是油汗，眼光里是愉快。他唱起他们村里人常唱的一支歌来了：

姐儿年纪十八九：

大奶奶，抖又抖，

大屁股，扭又扭；

早晨挑菜城里去，

亲丈夫，挂在扁担头。

五十里路打转回。

煞忙里，碰见野老公，——

羊棚口：

一把抱住摔筋斗。①

秀生却觉得这歌句句是针对了自己的。他那略带浮肿的面孔更见得苍白，腿也有点颤抖。忽然他腰部一软，手就和那活龙般的橹脱离了关系，身子往后一挫，就蹲坐在船板上了。

"怎么？秀生！"财喜收住了歌声，吃惊地问着，手的动作并没停止。

秀生垂头不回答。

"没用的小伙子，"财喜怜悯地说，"你就歇一歇罢。"于是，财喜好像想起了什么，纵目看着水天远处；过一会儿，歌声又从他喉间滚出来了。

"财——喜！"忽然秀生站了起来，"不唱不成么！——我，是没有用的人，病块，做不动，可是，还有一口气，情愿饿死，不情愿做开眼乌龟！"

这样正面的谈判和坚决的表示，是从来不曾有过的。财喜一时间没了主意。他望着秀生那张气苦得发青的脸孔，心里就涌起

---

① 这是讽刺富农们的不合理的童养媳制度的。富农们通常为自己的儿子接了年龄大得多的童养媳，利用她的劳动力，但青春期的童养媳就往往偷汉子。

了疚悔；可不是，那一支歌虽则是流传已久，可实在太像了他们三人间的特别关系，怨不得秀生听了刺耳。财喜觉得自己不应该在秀生面前唱得这样高兴，好像特意嘲笑他，特意向他示威。然而秀生不又说"情愿饿死"么？事实上，财喜寄住在秀生家不知出了多少力，但现在秀生这句话仿佛是拿出"家主"身份来，要他走。转想到这里，财喜也生了气。

"好，好，我走就走！"财喜冷冷地说，摇橹的动作不由的慢了一些。

秀生似乎不料有这样的反响，倒无从回答，颓丧地又蹲了下去。

"可是，"财喜又冷冷地然而严肃地说，"你不准再打你的老婆！这样一个女人，你还不称意？她肚子里有孩子，这是我们家的根呢……"

"不用你管！"秀生发疯了似的跳了起来，声音尖到变哑，"是我的老婆，打死了有我抵命！"

"你敢？你敢！"财喜也陡然转过身来，握紧了拳头，眼光逼住了秀生的面孔。

秀生似乎全身都在打颤了："我敢就敢，我活厌了。一年到头，催粮的，收捐的，讨债的，逼得我苦！吃了今天的，没有明天，当了夏衣，赎不出冬衣，自己又是一身病，……我活厌了！

活着是受罪！"

财喜的头也慢慢低下去了，拳头也放松了，心里是又酸又辣，又像火烧。船因为没有人把橹，自己横过来了：财喜下意识地把住了橹，推了一把，眼睛却没有离开他那可怜的侄儿。

"喂，秀生！光是怨命，也不中用。再说，那些苦处也不是你老婆害你的；她什么苦都吃，帮你对付。你骂她，她从不回嘴，你打她，她从不回手。今年夏天你生病，她服侍你，几夜没有睡呢。"

秀生惘然听着，眼睛里渐渐充满了泪水，他像熔化似的软瘫了蹲在船板上，垂着头；过一会儿，他悲切地自语道：

"死了干净，反正我没有一个亲人！我死了，让你们都高兴。"

"秀生！你说这个话，不怕罪过么？不要多心，没有人巴望你死。要活，大家活，要死，大家死！"

"哼！没有人巴望我死么？嘴里不说，心里是那样想。"

"你是说谁？"财喜回过脸来，摇橹的手也停止了。

"要是不在眼前，就在家里。"

"啊哟！你不要冤枉好人！她待你真是一片良心。"

"良心？女的拿绿头巾给丈夫戴，也是良心！"秀生的声音又提高了，但不忿怒，而是从悲痛，无自信力，转成的冷酷。

"哎！"财喜只出了这么一声，便不响了。他对于自己和秀生老婆的关系，有时也极为后悔，然而他很不赞成秀生那样的见解。在他看来，一个等于病废的男人的老婆有了外遇，和这女人的有没有良心，完全是两件事。可不是，秀生老婆除了多和一个男人睡过觉，什么也没有变，依然是秀生的老婆，凡是她本分内的事，她都尽力做而且做得很好。

然而财喜虽有这么个意思，却没有能力用言语来表达；而看着秀生那样地苦闷，那样地误解了那个"好女人"，财喜又以为说说明白实属必要。

在这样的夹攻之下，财喜暴躁起来了，他泄怒似的用劲摇着橹，———一味的发狠摇着，连方向都忘了。

"啊哟！他妈的，下雪了！"财喜仰起了他那为困恼所灼热的面孔，本能地这样喊着。

"呵！"秀生也反应似的抬起头来。

这时风也大起来了，远远近近是风卷着雪花，旋得人的眼睛都发昏了。在这港湾交错的千顷平畴中恃为方向指标的小庙，凉亭，坟园，石桥，乃至年代久远的大树，都被满天的雪花搅旋得看不清了。

"秀生！赶快回去！"财喜一边叫着，一边就跳到船头上，抢起一根竹篙来，左点右刺，立刻将船驶进了一条小小的横港。

再一个弯,就是较阔的河道。财喜看见前面雪影里仿佛有两条船,那一定就是同村的打薀草的船了。

财喜再跳到了船梢,那时秀生早已青着脸咬着牙在独力扳摇那支大橹。财喜抢上去,就叫秀生"拉绷"①。

"哦——呵!"财喜提足了胸中的元气发一声长啸,橹在他手里像一条怒蛟,豁嚓嚓地船头上跳跃着浪花。

然而即使是"拉绷",秀生也支撑不下去了。

"你去歇歇,我一个人就够了!"财喜说。

像一匹骏马的快而匀整的走步,财喜的两条铁臂膊有力而匀整地扳摇那支橹。风是小些了,但雪花的朵儿却变大。

财喜一手把橹,一手倒脱下身上那件破棉袄,回头一看,缩做一堆蹲在那里的秀生已经是满身的雪,就将那破棉袄盖在秀生身上。

"真可怜呵,病,穷,心里又懊恼!"财喜这样想。他觉得自己十二分对不起这堂侄儿。虽则他一年前来秀生家寄住,也死力帮助工作,完全是出于一片好意,然而鬼使神差他竟和秀生的老婆有了那么一回事,这可就像他的出死力全是别有用心了。而且秀生的懊恼,秀生老婆的挨骂挨打,也全是为了这呵。

---

① "拉绷"是推拉那根吊住橹的粗绳,在摇船上,是比较最不费力的工作。

财喜想到这里,便像有一道冰水从他背脊上流过。

"我还是走开吧?"他在心里自问。但是一转念,就自己回答:不!他一走,田里地里那些工作,秀生一个人干得了么?秀生老婆虽然强,到底也支不住呵!而况她又有了孩子。

"孩子是一朵花!秀生,秀生大娘,也应该好好活着!我走他妈的干么?"财喜在心里叫了,他的突出的下巴努力扭着,他的眼里放光。

像有一团火在他心里烧,他发狠地摇着橹;一会儿追上了前面的两条船,又一会儿便将它们远远撇落在后面了。

五

那一天的雪,到黄昏时候就停止了。这小小的村庄,却已变成了一个白银世界。雪覆盖在矮屋的瓦上,修葺得不好的地方,就挂下手指样的冰箸,人们瑟缩在这样的屋顶下,宛如冻藏在冰箱。人们在半夜里冻醒来,听得老北风在头顶上虎虎地叫。

翌日清早,太阳的黄金光芒惠临这苦寒的小村了。稻场上有一两条狗在打滚。河边有一两个女人敲开了冰在汲水;三条载蕰草的小船挤得紧紧的,好像是冻结成一块了。也有人打算和严寒宣战,把小船里的蕰草搬运到预先开在田里的方塘,然而带泥带水的蕰草冻得比铁还硬,人们用钉耙筑了几下,就搓搓手说:

"妈的,手倒震麻了。除了财喜,谁也弄不动它罢?"

然而财喜的雄伟的身形并没出现在稻场上。

太阳有一竹竿高的时候,财喜从城里回来了。他是去赎药的。城里有些能给穷人设法的小小的中药铺子,你把病人的情形告诉了药铺里惟一的伙计,他就会卖给你二三百文钱的不去病也不致命的草药。财喜说秀生的病是发热,药铺的伙计就给了退热的药,其中有石膏。

这时村里的人们正被一件事烦恼着。

财喜远远看见有三五个同村人在秀生家门口探头探脑,他就吃了一惊;"难道是秀生的病变了么?"——他这样想着就三步并作两步的奔过去。

听得秀生老婆喊"救命",财喜心跳了。因为骤然从阳光辉煌的地方跑进屋里去,财喜的眼睛失了作用,只靠着耳朵的本能,觉出屋角里——而且是秀生他们卧床的所在,有人在揪扑挣扎。

秀生坐起在床上,而秀生老婆则半跪半伏地死按住了秀生的两手和下半身。

财喜看明白了,心头一松,然而也糊涂起来了。

"什么事?你又打她么?"财喜抑住了怒气说。

秀生老婆松了手,站起来摸着揪乱的头发,慌张地杂乱地回答道：

"他一定要去筑路！他说，活厌了，钱没有，拿性命去拼！你想，昨天回来就发烧，哼了一夜，怎么能去筑什么路？我劝他等你回来再商量，乡长不依，他也不肯。我不让他起来，他像发了疯，说大家死了干净，叉住了我的喉咙，没头没脸打起来了。"

这时财喜方始看见屋里还有一个人，却正是秀生老婆说的乡长。这位"大人物"的光降，便是人们烦恼的原因。事情是征工筑路，三天，谁也不准躲卸。

门外看的人们有一二个进来了，围住了财喜七嘴八舌讲。财喜一手将秀生按下到被窝里去，嘴里说：

"又动这大的肝火干么？你大娘劝你是好心呵！"

"我不要活了。钱，没有；命，——有一条！"

秀生还是倔强，但说话的声音没有力量。

财喜转身对乡长说：

"秀生真有病。一清早我就去打药（拿手里的药包在乡长脸前一晃），派工么也不能派到病人身上。"

"不行！"乡长的脸板得铁青，"有病得找替工，出钱。没有替工，一块钱一天。大家都推诿有病，公事就不用办了！"

"上回劳动服务，怎么陈甲长的儿子人也没去，钱也没花？

那小子连病也没告。这不是你手里的事么？"

"少说废话！赶快回答：写上了名字呢，还是出钱，——三天是三块！"

"财喜，"那边的秀生又厉声叫了起来了，"我去！钱，没有；命，有一条！死在路上，总得给口棺材我睡！"

像一头受伤的野兽似的，秀生掀掉盖被，颤巍巍地跳起来了。

"一个铜子也没有！"财喜丢了药包，两只臂膊像一对钢钳，叉住了那乡长的胸脯，"你这狗，给我滚出去！"

秀生老婆和两位邻人也已经把秀生拉住。乡长在门外破口大骂，恫吓着说要报"局"去。财喜走到秀生面前，抱一个小孩子似的将秀生放在床上。

"唉，财喜，报了局，来抓你，可怎么办呢？"

秀生气喘喘地说，脸上烫的跟火烧似的。

"随它去。天塌下来，有我财喜！"

是镇定的坚决的回答。

秀生老婆将药包解开，把四五味的草药抖到瓦罐里去。末了，她拿起那包石膏，用手指捻了一下，似乎决不定该怎么办，但终于也放进了瓦罐去。

六

太阳的光线成了垂直,把温暖给予这小小的村子。

稻场上还有些残雪,斑斑的像一块大网油。人们正在搬运小船上的蕰草。

人们中之一,是财喜。他只穿一身单衣,蓝布腰带依然紧紧地捆在腰际,袖管卷得高高的,他使一把大钉耙,"五丁开山"似的筑松了半冻的蕰草和泥浆,装到木桶里。田里有预先开好的方塘,蕰草和泥浆倒在这塘里,再加上早就收集得来的"垃圾"①,层层相间。

"他妈的,连钉耙都被咬住了么?——喂,财喜!"

邻人的船上有人这样叫着。另外一条船上又有人说:

"啊,财喜!我们这一担你给带了去罢?反正你是顺路呢。"

财喜满脸油汗的跳过来了,贡献了他的援手。

太阳蒸发着泥土气,也蒸发着人们身上的汗气。乌桕树上有些麻雀在啾啾唧唧啼。

人们加紧他们的工作,盼望在太阳落山以前把蕰草都安置

---

① 垃圾——稻草灰和残余腐烂食物的混合品。这是农民到市镇上去收集得来的。

好,并且盼望明天仍是个好晴天,以便驾了船到更远的有菹草的去处。

他们笑着,嚷着,工作着,他们也唱着没有意义的随口编成的歌句,而在这一切音声中,财喜的长啸时时破空而起,悲壮而雄健,像是申诉,也像是示威。

1936年2月26日作毕

(原载1937年6月16日《月报》第1卷第6期)

某一天

一

总务科长第三次掀开了门帘的一角,把半个脑袋探进去时,W处长早就看见,不等总务科长开口,就挥手连声说道:"一会儿就来,就来!"同时,把半截纸烟往烟灰缸里一扔,习惯似的伸手摸着下巴,看着那位坐在对面的客人说:"那么,茂翁,就是三一三十一吧,大家是多年的兄弟,无所谓。"

"哈哈,处长办事,向来是爽快的。"对方堆起了满脸的笑容说。侧转脑袋,朝门首瞥了一眼。那一幅蓝布的棉门帘此时早已很伏贴的稳重地下垂着,纹丝儿也不动,吻着门柜,很严密。茂翁于是咳了一下,向W处长那边凑近些,低声又说道:"这几天棉花的行市,真也是飞黄腾达;看光景——"伸出三个指头,对W处长打暗号,"不久会冲破这个大关。……"

"哦!"W处长伸手到烟罐里夹起了一枝烟,却仰起了脸,望着窗外的濛濛晓雾,只管沉吟起来。嚓!一枝火柴在茂翁手里发光了。W处长下意识地把纸烟的一端接近了火柴，却将大拇指轻轻拍着纸烟的另一端。这又是他的吸燃纸烟的一种习惯。火柴梗快燃尽了，茂翁正待接上一根，W处长手指一松，那纸烟就掉在地上了。茂翁赶快俯身去拾，可是却听得W处长的声音颇有分量地说道："这几天，各方面的策动，颇为猛烈，看来要成为事实。"

茂翁挺直了腰问道："什么事情要……"

"和平！荣誉的和平啦。"W处长笑了一笑。

茂翁还没有答腔，W处长早又毅然说："我是抗战到底派，和平二字，我的脑子里是没有的。"

"可是到底怎样呀，外边谣言多得很呢！"

"当然也不会无风起浪吧，"W处长微笑，手又在摸下巴了。"可是，你猜，谁需要和平呢？"

茂翁也会意地笑了笑，却又喟然道，"哎，中国的事情，真是太复杂，太复杂！"蓦地他脸上的皮肉一跳，担心地问道："可是，处长，咱们公司刚刚买进了二十辆半旧的卡车呢；这要是和平了，可怎么——交代？"

"这是已成之局，只好瞧着办吧！"W处长有点不耐烦了，"他妈的，抗战抗得舒舒服服的，和它干么！"手又摸下巴了，转了口气，"不过，天下事有一利必有一弊，和了也有和了的做法，咱们总不会吃亏到哪里去吧。只是——今后几天内，倒得静观一下。所以，刚才，你说的棉花的话，暂时不用急。"

"处长神机妙算。万无一失！"茂翁又堆起满脸的笑容来了。此时这才觉得自己手里还拿着刚才从地上拾起来的那枝纸烟，顺手就敬了过去，又抓起火柴盒来。

W处长刚吸着了烟，那门帘忽又动了一下。W处长立刻把纸烟一扔，站起身，一面说道，"就来，就来。"然而这次并没总务科长的半个脑袋探了进来，而是勤务的声音在帘外叫道："报告处长，公馆里二夫人……"

"哦，哦，"W处长三脚两步便走出处长办公室。茂翁迟疑了一下，也就跟了出去。

二

半小时后，W处长从公馆赶回办公厅，就直向礼堂走去。本处的职员站在那里恭候了一小时了，站的地位靠近墙壁的总务科长，老实就打瞌睡，梦见命令果然发表了，处长高升为某几省的管理交通运输的局长，并且把自己也带了去"走马上任"。……

W处长干咳了一声，踱进了礼堂。人们意外地都把腿一动，规规矩矩挺直了腰板。这二三十人的腿脚移动的声音，把总务科长的好梦打断。

纪念周按照仪式开始了。总务科长照例担任了掌礼。喊到"处长时事报告"那一项时,他几乎把"处长"喊成了"局长",——他咽了一口唾涎,这才把"局"字咽了下去。

W处长下意识地摸了摸中山装的领口,然后两手都往口袋里一插,挺直了腰肢,翻起一对眼睛,先像喊口令似的喊了声"同志们!"接着一顿,眼光威风凛凛地横扫过排立在面前的听众,然后用照例的"本周的国际大事……"开始了他的报告。

谁要是说W处长算不得雄辩家,那他就是没有耳朵。正和我们这时代的一切干员一样,W处长那张嘴实在神妙,死的他能说成活,黑的会变成白。不过,纪念周上这些听众们如果听到后来都会成了半死不活,那又不是W处长的报告不够刺戟,而是因为听惯了,听熟了,以至失却应有的作用。

二十多个职员都在屏息静听,眼观鼻,鼻观心。礼堂的四壁,回荡着W处长的响亮的声音。照例是那样慷慨激昂,义愤填膺。十分钟过去了,W处长还是口沫四溅,精神抖擞。然而,有经验的听众知道也就快到"尾声"了,因为那一串壮烈的"誓死抗战到底",已经从W处长口中放了出来。人们精神似乎为之一振。喊到第十几个"誓死抗战到底"的时候,站在他近跟前的总务科长不禁捏一把汗,生怕处长拿他当作敌人——如果,处长的高举的拳头一下就落到他的头顶呢,这也并非没有可能的。

末了，W处长又庄严得赛过了牧师用给死者忏悔的声调问道："你们自己想一想，有没有对不起国家，对不起政府的地方？有没有对不起老百姓的地方？公忠，守法，负责，节约，廉洁，勤勉，知耻，明礼，你们都做到了没有？曾子说，一日三省吾身，我们要一日六省八省，要无时无刻不反躬自省。本人自从以身许国许党，只知道两句话：上有领袖，下有公事。如果本人有不对的地方，你们谁都可以来枪毙我！"这最后一句，仿佛是运足了丹田之气叫出来的，声震堂瓦。然而也像一身的力气都使用在这一句了，W处长下意识地伸手摸了摸下巴，接着就用平常音调说声"完了"，纪念周礼成。

三

　　回到自己的办公室，W处长一面掏手帕揩汗，一面打了几个呵欠。昨夜方城之戏直到雄鸡报晓，今儿又起了早，刚才又作了那样精彩的报告，整个的疲劳此时都一齐出动了。

　　然而总务科长却抱着一迭公事蹑着脚尖走进来了。W处长把脸一拉，没好气的说："该死，该死！有要紧的么？没甚要紧的，就搁这里罢！"

　　"是，是，"总务科长低声下气回答，"可是，处长，您瞧，这一件是上行的，这一件也是；上个星期就等候……"

"哎，别噜苏，"W处长不耐烦的将手一挥，"拣出来。……哦，谁拟的稿？画过了行吧？哎，你怎么办事越办越糊涂了！"

总务科长把公事展开，托在手中，送到W处长眼前。W处长一目十行地跳看了一下，抓起笔来，飕飕地一口气连画了几个行。然后向总务科长瞥了一眼，意思是"还有么？"

"旁的都没甚要紧，"总务科长陪笑说，"今天处长辛苦了，明天再办罢。"

W处长也不言语，把笔扔下，顺手就摸起一枝纸烟来。总务科长连忙从身旁掏出火柴，可是蹩扭，那火柴梗上不知少了什么药品，刚一亮就熄灭了，擦到第三梗，这才行，总务科长急得满头大汗，但是因这一急，他倒想出一些要紧话来了：

"今天处长有三个饭局……"

"哦！"W处长喷出一口烟，仰起了脸，似乎寻思什么，眉头慢慢地皱了一下。

总务科长从那一迭公事中取出三张请柬，恭恭敬敬，一字儿摆开在W处长的面前。

又喷了一口烟，嘴角上的皮，似笑非笑的扭动一下，W处长懒洋洋地说："这姓潘的，就是那个什么贸易公司的经理罢？"

"是！今天早上他自己来过，说，务必请处长赏光。"总务科长垂着眼皮回答，然而又在W处长再喷一口烟的当儿，偷眼望处长的脸色，接着又说道："还不是听见处长高升了，他——大概有求于处长。这是个机伶鬼，可是人还知趣。"

"嘿！"W处长笑了笑，"命令还没发表呢，他们倒先上劲来钻了！"随即把脸一拉，又皱着眉头，"哪里来的闲工夫去应酬他！"

总务科长不敢再说什么，抱着那些公事，侍立在一旁。看见W处长打个呵欠，闭上眼睛，知道没甚话了，便倒退着出去，刚到门边，正待转身，忽然W处长睁开眼，喊道："喂，赵科长……"说着，一只手便伸进裤袋里。总务科长一面应着"有"，一面忙抢前几步。W处长伸出手，把一张纸扔在总务科长面前。

这是一张名单。W处长要请客。

总务科长恭恭敬敬捧起那名单请示道："请示处长，时间是？"

W处长瞥了一下他面前的三张请柬，就说道，"明天晚上八时罢。"于是抬头看墙上的钟，摇摇摆摆站了起来。

总务科长赶快去招呼处长的汽车，又赶回来给处长捧着那文书皮包，直到汽车边，这才交给了处长的随身勤务。

眼看着汽车去了，总务科长方才回到总务科，把处长交下的请客单又看了一遍,也像处长那种姿态微微一笑,伸起两腿,架在办公桌上,一面拉长调子喊一等科员:"钱同志,给办这件公事。"

总务科长侧着头,眼望着墙上一些标语,忽然把嘴一扁,自言自语道,"装什么乔模样,说什么哪来的闲工夫!人家是一个公司,资本有五百万呢!"于是他跳起来抓过了电话机。……"喂,喂,潘经理么?……哦,处长忙不过来,可是我……我替您说了几句,……成了,成了。……呀,自家兄弟,不客气,不客气!"

四

在潘经理的筵席上吃过了头道菜,W处长就走了。这算把今天最后一个饭局应酬完毕,时间已经是九点多。W处长钻进了车,就吩咐开快。

公馆里还有一桌酒在等待他。因为今天又是二夫人的生日。照二夫人的意思,W处长应当摆脱这么一天的公务,享一点家庭之乐;这是妇人之见,相应不准。但现在既已退食自公,W处长的时间当然不能不给二夫人。

公馆里正白酒绿灯红,笑语生风。满满的两桌,无非是至亲好友。W处长刚一出场,众亲友就哗然叫道:"好好,过了二十多分钟了,罚酒三杯。"二夫人早已花枝招展地端着酒杯来到跟前,她背后还有一人,是她的妹子。

三杯酒灌了下去,那位小姨也上前说道:"刚才是大家公决了的罚酒。现在大家敬一杯,我来开头。"

W处长一瞧,两桌人有二十多,便笑了笑道:"人太多了,喝不下,免了罢。"

小姨子把颈脖一扭,转身就走,嘴里叽咕道:"不喝就不喝,偏我是没脸的!"

"来来,我喝,我喝!"W处长没口的叫着,在桌面上随便抓起个杯子,自己斟满,就一口干了。

W处长的酒量本来平常,此时喝了几杯急酒,就有几分醉意。往常他一醉,兴致就特别好,何况今天他又接连碰到几桩喜事。当下他不等人家来劝,就取过一个大杯来,擎在手中,对大家说道:"本人向来遵守新生活,不多喝酒。可是今天要和各位亲友痛饮三杯。"他溜着酒红的眼睛朝桌面上扫了个圈子,"今天有三件喜事。第一件,上月做的几桩买卖全都赚了。第二件,我升了官了。第三件……"他咽了一大口唾液,提高了调门说:"今天下午确息,抗战还是要继续!"

说完,他就举杯一饮而尽。

席面上众亲友也有喝的,也有不喝的,但不约而同的向W处长道喜,喧成一片。

二夫人似笑非笑的瞅着W处长说:"还是要打仗,这算什么喜事?"

"你们妇人家不知道。"W处长轻声说,一面又高擎起酒杯,向着众亲友大声劝进道:"大家都喝了没有?为了抗战到底,请大家再干一杯!来,我们三呼万岁!"

众亲友都站了起来,但是W处长身子一摇,却坐了下去。他旁边就是小姨子,他一张口,就吐了一地。可是他还在喃喃地说醉话:"就是和了,我们……也还有……和的办法,不过,眼前……还望望再……抗一年……嗯,一年也够了!喂,茂翁,那……那二十辆卡车,再过……再过一年,……该赚进多少钱?……"

1941年9月10日

(原载1941年10月10日《国讯》旬刊港版第1期)